W0218853

Bremer Sagen und Geschichten

Sagen und Geschichten aus Bremen

Ausgewählt und zum Teil nacherzählt
von
Hermann Gutmann

Edition Temmen

Die Deutsche Bibliothek - CIP-Einheitsaufnahme:

Sagen und Geschichten aus Bremen / ausgew. und zum Teil nacherzählt von Hermann Gutmann. - Bremen: Ed. Temmen, 2001

ISBN 3-86108-163-6

Titelbild:
Die vier Stadtmusikanten
Ausschnitt aus einem Hochzeitsbild um 1618,
Staatsarchiv Bremen

2. Auflage 2004

© 2001 Edition Temmen
28209 Bremen - Hohenlohestr. 21
Tel. 0421-34843-0 - Fax 0421-348094
info@edition-temmen.de

Alle Rechte vorbehalten
Lektorat und Satz: Linda Sundmaeker
Herstellung: Edition Temmen

ISBN 3-86108-163-6

Inhalt

Die Bremer Gluckhenne

Mit der ersten Erwähnung im Jahre 782 tritt der Ort Bremen aus dem Dunkel der Geschichte. Über seinen Ursprung ist nichts bekannt, wir wissen nur, daß es den Ort schon gegeben hat, daß es Bremer gab, die in der Geschichtsschreibung gar nicht vorkommen – dennoch haben sie gelebt, gelacht, gelitten, wie andere Menschen auch. In der mündlichen Überlieferung hat sich aber eine Sage von der Gründung Bremens erhalten: die Sage von der Bremer Gluckhenne.

Der Himmel war, wie fast immer an der Weser, trübe und bewölkt. Regenschauer und heftige Böen machten jenen heimatlosen Menschen, die in uralter Zeit an einem ungemütlichen Tag die Weser in jämmerlichen Kähnen befuhren, das Leben richtig schwer.

Es waren Menschen, die sich schon in ihrer Heimat mühsam durchs Leben geschleppt hatten. Sie hatten dort von der Hand in den Mund gelebt. Doch das Leben wäre erträglich gewesen, wenn nicht Feinde das Land erobert und die Freiheit der Menschen bedroht hätten.

Hunger und Not konnten sie ertragen. Doch wie hätten sie leben sollen ohne Freiheit?

So hatten sie denn die Heimat in kleinen Kähnen verlassen und irrten durch die Welt, erreichten die Weser und ankerten, als sich der Tag dem Ende zu neigte, mitten im Fluß, denn sie sahen keine Möglichkeit das Ufer zu betreten.

Sie spähten umher, suchten einen Landeplatz. Doch es war vergeblich.

Plötzlich aber drang ein Strahl der sinkenden Sonne durch das Gewölk und erhellte die Landschaft mit einem wunderbaren Glanz.

Und so bemerkten die Flüchtlinge im letzten Schein der Sonne eine Henne, die sich mit ihren Küken einen sicheren Ruheplatz für die Nacht suchte.

Die Menschen folgten den Tieren, fanden Landeplätze für ihre Kähne, gingen an Land und erklommen eine Düne, wo sie die Henne und ihre Küken, verborgen im Heidekraut, fanden.

Die Flüchtlinge beschlossen daraufhin, auf der sicheren Düne ihre Hütten aufzuschlagen und sich dort für alle Zeiten niederzulassen.

Sie versprachen einander, daß dieser Platz für sie, die nun endlich ein Asyl gefunden hatten, ein Hort der Freiheit sein sollte.

So wurde der Grund für die Stadt Bremen gelegt.

Es war Friedrich Wagenfeld, der diese Sage Anfang des 19. Jahrhunderts der Vergessenheit entriß und mit anderen Bremer Volkssagen veröffentlichte.

Der Henne aber mit ihren Küken haben die Bremer ein Denkmal gesetzt. Man findet es über dem zweiten Rathausbogen - es ist ein Wahrzeichen der Stadt.

Wie der liebe Gott dem heiligen Willehad das Leben rettete

Als der heilige Willehad (um 735 bis 789) noch ein einfacher Priester war und noch gar nicht an Bremen dachte, wurde er von der Kirche aus seiner englischen Heimat Northumberland aufs Festland beordert. Er sollte den Friesen und Sachsen, die sich besonders hartnäckig gegen die neue Lehre stemmten, das Christentum predigen. Das hatte schon der heilige Bonifatius 20 Jahre vorher mit unterschiedlichem Erfolg aber meistens vergeblich versucht – die Friesen hatten ihn in Dokkum erschlagen.

Und nach Dokkum kam nun auch Willehad, mißtrauisch beäugt von den Friesen, von denen einige schon die Waffen zurecht legten. Andere allerdings meinten, so übel sei der neue Christenmensch gar nicht.

Es war vor allem in der Gegend von Groningen, wo Willehad keine Freunde fand, und einige Friesen beschlossen, den hartnäckigen Priester zu töten, wobei sie allerdings die Genehmigung ihrer Götter einholen wollten.

Sie nahmen eine Münze, warfen sie in die Luft, und eine bestimmte Art ihres Niederfallens sollte als göttlicher Wink verstanden werden.

Willehad beobachtete das Geschehen, ohne sich aus der Ruhe bringen zu lassen, doch vorsichtshalber sandte er ein Gebet zu seinem Gott.

Und dieser Gott ließ ihn nicht im Stich. Denn er erwies sich als stärker als alle Heidengötter. Und sicherlich war er auch geschickter. Er ließ die Münze so fallen, daß Willehad beruhigt aufatmen konnte.

Auf seinem weiteren Weg durch den Norden kam Willehad schließlich nach Bremen. Er erlebte hier den Aufstand der Sachsen im Jahre 782. Nur knapp und mit Gottes Hilfe konnte er rechtzeitig auf einen Weserkahn flüchten, kehrte dann nach einigen Umwegen nach Bremen zurück und wurde Missionsbischof. Noch nach seinem Tode vollbrachte er viele Wunder und wurde von den Bremern jahrhundertelang als Schutzpatron verehrt.

Der Traum des heiligen Ansgar

Der heilige Ansgar, der später einmal Erzbischof von Bremen und Hamburg werden sollte, war ein Kind von fünf Jahren, als er seine Mutter, eine fromme und gottesfürchtige Frau, verlor.

Sein Vater aber wußte nicht so recht, was er mit seinem Sohn anfangen sollte. Er schickte ihn zur wissenschaftlichen Erziehung in eine Schule, was ihm aber zunächst nicht gut bekam.

Denn der Junge kam in eine Klasse mit lauter Nichtsnutzen, die sich lieber mit bedeutungslosen Spielen und Streichen beschäftigten, als dem Unterricht zu folgen.

In dieser Zeit kindlicher Sorg- und Gedankenlosigkeit hatte Ansgar eines Nachts einen Traum: Er steckte in einem zähen Sumpf, aus dem er sich nicht befreien konnte, so daß er schon glaubte, der Sumpf werde ihn verschlingen.

Unmittelbar neben dem Sumpf verlief ein bequemer Weg, und auf diesem Weg sah er eine prächtig gekleidete, edle Dame näherkommen. Zu ihrem Gefolge gehörten mehrere weiß gekleidete Frauen, unter denen Ansgar seine Mutter erkannte.

Er streckte seine Arme aus und wollte zu ihr, aber der Schlamm des Sumpfes ließ ihn nicht los.

Als nun die Frauen den unglücklichen Knaben erreicht hatten, da sagte die edle Dame, in der er die heilige Maria erkannte: »Liebes Kind, du willst zu deiner Mutter?«

»O, ja!« sagte er flehentlich.

Doch sie fuhr fort: »Wenn dich nach unserer

Gesellschaft verlangt, mußt du alle Eitelkeit meiden, von allen Kindereien und dummen Streichen lassen. Du mußt ernsthaft auf dich achten. Leichtsinn und Faulheit mögen wir nicht. Wer daran Freude hat, kann unter uns nicht weilen.«

Danach zogen die Frauen weiter und Ansgar erwachte.

Seit dieser Zeit zeigte er großen Ernst und sonderte sich von den anderen Kindern ab. Er kümmerte sich um die Wissenschaft und beschäftigte sich mit nützlichen Dingen, so daß seine Schulfreunde über diese veränderte Haltung sehr erstaunt waren und ihn damit aufzogen, was ihn aber nicht kümmerte.

Ansgar, der von 801 bis 865 lebte und häufig in Skandinavien war, um die dortigen Heiden zu bekehren, ist als »Apostel des Nordens« in die Kirchengeschichte eingegangen. Nach seinem Tode wurde er heilig gesprochen.

Wie das Königsmoor seinen Namen erhielt

Einmal sandte der Wikingerkönig Rörik seinen Sohn Fengo mit 30 Wikingerschiffen und 1200 Kriegern an die Küste Germaniens, wo sich der König reiche Beute versprach.

Er gab seinem Sohn den Rat, möglichst weit in die Weser hinein zu fahren, um den dortigen Bewohnern das Vieh zu rauben. Nur um Bremen solle er einen Bogen machen.

Aber die an der Weser wohnenden Sachsen waren gewarnt worden. Sie hatten ihr Vieh landeinwärts getrieben und erwarteten die Wikinger, die Bremen vorsichtshalber auf einem zweiten Weserarm umschifft hatten, bei dem heutigen Ort Oyten. Zu jener Zeit lag dort ein heiliger Hain der Sachsen, die sich mit dem Christentum noch nicht so recht hatten anfreunden können.

In der Gegend von Mahndorf, wo es schon damals einen kleinen Ort gab, überschritten die Wikinger den Dünenrücken. Von dort aus wollten sie Oyten angreifen - aber sie wurden schon erwartet.

Aus allen Richtungen waren Sachsen herbeigeeilt, und ehe die Wikinger den heiligen Hain erreichen und erobern konnten, trafen sie auf die anstürmenden Sachsen, die ihnen mit ihren kurzen Schwertern, Sachs genannt, einen heftigen Kampf lieferten und so manches Lebenslicht ausbliesen.

Der Königssohn Fengo, ein mutiger junger Mann, gab sich jedoch nicht geschlagen. Er riß seine Wikinger nach vorn und brachte den Sachsen schwere Verluste bei. Schließlich wurde er aber zusammen mit seinen Kriegern in das Moor abgedrängt.

Dort gelang es einem der Sachsen, den Königssohn zum Zweikampf zu stellen. Die beiden Männer kämpften um ihr Leben, mal ging der eine zurück, mal der andere. Dann, als beide schon der Erschöpfung nahe waren, konnte der Sachse endlich dem Königssohn die Kehle mit dem Sachs durchstoßen.

Als die Wikinger sahen, daß ihr Anführer getötet worden war, flüchteten sie kurzerhand auf ihren wendigen Schiffen.

Nachdem die Sachsen erfahren hatten, daß sie den Sohn des Wikingerkönigs Rörik überwunden und getötet hatten, nannten sie das Moor, in dem die Schlacht stattgefunden hatte, fortan das »Königsmoor«.

Der Erzbischof Rembert befreite den Sohn eines Königs vom bösen Geist

Es war zum Verzweifeln.

Wann immer der Sohn des Königs - vermutlich war es König Ludwigs Sohn Karl - mit den Großen des Reiches zu tun hatte, pöbelte sie ein böser Geist aus dem Munde des Prinzen an. Er nannte sie Stümper und behauptete, daß sie ihren Aufgaben im Reich nicht gewachsen seien.

Ob nun der Geist recht hatte oder nicht - es gehörte sich einfach nicht, die ehrwürdigen Berater des Königs zu beleidigen. Und so wurden die Erzbischöfe des Reiches gebeten, nach Frankfurt zu kommen, um den unglücklichen Prinzen von dem unwirschen Geist zu befreien.

Die Kirchenfürsten gaben sich alle Mühe, versuchten dieses und jenes - allein, es war vergebens.

Schließlich erschien der Bremer Erzbischof Rembert, der mit besonderer Gehässigkeit vom Geist im Prinzen empfangen wurde.

Doch, siehe da, ihm gelang es, den Prinzen von seiner Qual zu befreien.

Fortan schwieg der böse Geist still.

Zum allseitigen Bedauern der Politiker unserer Zeit, die sich von den Medien so manches böse Wort sagen lassen müssen, hat Rembert das Rezept, mit dem er den Prinzen behandelte, mit ins Grab genommen.

Wie der heilige Rembert das Meer beschwichtigte

Der Bremer Erzbischof Rembert (865-888), nach dem die Rembertistraße und das St. Remberti-Stift in Bremen benannt worden sind, hatte einmal in Schweden zu tun, um die dort mit ihrem Gefolge lebenden Heiden zu bekehren.

Er begab sich auf ein Handelsschiff, das gerade nach Schweden fuhr. In der Nordsee aber geriet das Schiff in einen kräftigen Sturm, so daß selbst die hartgesottensten Seeleute Angst um ihr Leben bekamen. Manch einer von ihnen sah sein letztes Stündlein gekommen.

Nicht so der Erzbischof Rembert.

Er wurde zwar seekrank, versenkte sich aber, ohne sich weiter um die Seekrankheit zu kümmern, in ein inbrünstiges Gebet und bat den lieben Gott, das Meer zu beruhigen.

Und tatsächlich, das Meer wurde ruhig, der Erzbischof wurde gesund, und die Reise verlief fortan ohne Zwischenfälle.

Der Riese Hüklüt

Vor Zeiten lebte nicht weit von Bremen der Riese Hüklüt. Er war ein schrecklicher Kerl mit gewaltigen Kräften. Tausend Ochsen konnte er auf einmal nach Hause schleppen und anschließend verspeisen. Und was das schlimmste war, er fraß nicht nur Ochsen, er fraß auch Menschen.

In jenen Jahren waren von Holstein her die Sachsen an die Weser gekommen. Sie piesackten die einheimischen Chauken, und die Stärksten von ihnen wurden zu Herzögen ernannt. Aber selbst diese tapferen Männer gingen dem Riesen Hüklüt wohlweislich aus dem Weg.

So kam es eines Tages, daß sich der Riese Hüklüt selbst zu einem Fest des Sachsenherzoges Rugbrok einludt, und die ganze Gesellschaft in Angst und Schrecken versetzte.

Zu diesem Fest war auch ein junger Fischer - er hieß Dietrich - eingeladen, der im Verlauf des Abends von dem Riesen entführt wurde. Als Dietrich schon dachte, sein letztes Stündlein habe geschlagen, bemerkte er die gute Laune des Riesen.

Das war seine Rettung, denn so konnte Dietrich mit allerlei Tricks und Schöntuerei das Wohlwollen und das Vertrauen des Riesen gewinnen. Hüklüt nahm Dietrich mit in seine Höhle und spielte mit ihm, wie man heutzutage mit Puppen oder mit Zinnsoldaten spielt.

Eines Tages ließ sich der Riese von Dietrich beschwatzen, mit ihm einen Ausflug nach Bremen zu unternehmen.

Wir wissen nicht, was die beiden im einzelnen in Bremen getrieben und erlebt haben. Wir wissen nur, daß der Fischer seinem ungehobelten Begleiter den Rat gab, recht viel Sand von der Bremer Düne einzusammeln, den man - so verriet Dietrich dem Riesen - auf der weiteren Wanderung gewiß gut gebrauchen könne.

Hüklüt fand Gefallen an dem Gedanken und stopfte sich die Taschen voll, so daß von der berühmten Bremer Düne nicht mehr viel übrig geblieben wäre, hätte Dietrich nicht zum Aufbruch gedrängt. Denn der Tag neigte sich dem Ende zu, und die Reise mußte unbedingt weitergehen, da man für die Nacht noch kein Quartier hatte.

So lockte der listige Dietrich den tonnenschwer mit Sand beladenen Hüklüt geradewegs ins Teufelsmoor. Der moorige Boden gab unter dem gewaltigen Gewicht des Riesen nach, und Hüklüt sank tiefer und tiefer.

Da erst erkannte er, daß er in eine Falle getappt war. Doch noch ehe er für alle Zeiten im Moor verschwand, holte er eine Handvoll Sand aus seiner Tasche und warf den Sand hinter dem flüchtenden Dietrich her.

Er verfehlte sein Ziel. Dort aber, wo der Sand niederfiel, entstand ein Berg - der Weyerberg in Worpswede.

Dietrich kehrte zurück an den Hof des Sachsenherzogs Rugbrok und berichtete vom Ende des Riesen Hüklüt. Es versteht sich von selbst, daß Dietrich wie ein Held gefeiert wurde. Und als Belohnung bekam er die Tochter des Herzogs, die Meta hieß, zur Frau.

Die Bremer aber fahren immer wieder gern nach Worpswede, um über den Weyerberg zu wandern, den sie als ureigenes bremisches Gebiet betrachten.

Eine andere Geschichte über den Riesen Hüklüt verdanken wir Lüder Halenbeck, der 1878 das Buch »Ausflüge in Bremens weitere Umgebung« geschrieben hat. Danach berichtet eine Sage, daß »unter Hengist und Horsa im Jahre 449 nach Christus auch ein gewisser Dietrich, ein armer Bauerssohn, mit nach England gegen die Picten und Scoten zog«. Die Reise soll übrigens, wenn man den Berichten glauben darf, von Bremen aus angetreten worden sein.

Dietrich aber brachte es durch Tapferkeit und Klugheit zu höchsten Würden im angelsächsischen Heer, kehrte aber schließlich, ergriffen von großer Sehnsucht nach seinem greisen Vater, in die Heimat zurück.

Hier hauste nun Hüklüt, der größte und gefürchtetste aller Hünen. Auf seinen Wanderungen benutzte er einen aus dem Boden gerissenen Baumstamm als Spazierstock und trug eine große aus 72 Auerochsenhäuten zusammengenähte Schürze. Diese füllte er mit geraubten Menschen, um sie am Blocksberg, seinem gewöhnlichen Aufenthaltsort, zu verspeisen.

Dietrich faßte den kühnen Entschluß, seine Landsleute von dem Unhold zu befreien. Er suchte den gefürchteten Riesen am Blocksberg auf, besänftigte ihn durch sein liebliches Flötenspiel und gewann so sehr das Vertrauen des Hünen, daß er ihn zu einem Besuch der norddeutschen Moore verleiten konnte.

Unweit von Bremen, riet Dietrich dem Riesen Hüklüt, seine große Schürze in den nahe gelegenen Dünen mit Sand zu füllen.

Damit sollte er sich im Sumpf einen sicheren Pfad legen - der Ort, wo der Hüne die Dünen »griff« oder wie man damals sagte »gröp«, heißt noch heute »Gröpe« oder Gröpelingen. Nachdem sich der Riese ausgiebig bedient hatte und die Taschen seiner großen Schürze prall gefüllt waren, wanderten die beiden weiter.

Als sie an die Wümme kamen, passierte Hüklüt ein kleines Malheur: Beim Waten durch das Wasser entschlüpfte dem Riesen der eine Zipfel seiner Schürze und ein kleiner Sandhaufen rieselte heraus. Darauf steht heute noch das Dorf Wasserhorst.

Bei der weiteren Wanderung ging Dietrich eine Strecke voraus, um, wie er dem Riesen erzählt hatte, die sichersten Pfade zu suchen. Doch plötzlich versank Hüklüt im Sumpf. Er brüllte und tobte, daß die Erde weithin erzitterte. Als er merkte, daß sein Führer keine Hilfe brachte, warf er dem entfliehenden Dietrich den ganzen Rest des Sandes nach, um ihn darunter zu begraben. Doch Dietrich war schon zu weit weg.

Die im Moor wohnenden Menschen, die den gewaltigen Sandhaufen durch die Luft fliegen sahen, glaubten anfänglich, daß der Wind ihn hergeweht, »geweiht«, habe, und sie nannten den Haufen von Stund' an »Weiherberg«.

Das Moor aber, in dem Hüklüt versunken war, nannten die Menschen das »Teufelsmoor«, denn sie hatten den Hünen wie den Leibhaftigen gefürchtet.

Der Riese Hüklüt hat die Phantasie der Menschen in Bremen und Umgebung immer wieder beflügelt. Uschi Stroux schreibt über ihn in dem Buch *Im Land der Moore und Deiche*:

Sie müssen wissen, daß das Moor nicht immer so war, wie es Ihnen jetzt erscheint. Die sandigen Stellen und Hügel zum Beispiel, auf denen wir Menschen besser bauen können, sind nicht von Menschenhand geschaffen. Der Riese Hüklüt war es, der den Sand herbeigeschafft hat.

Ja, Sie haben da schon richtig gehört!

Er wohnte vor langer, langer Zeit im Moor und hatte es satt, bei seinen beschwerlichen Wegen durch das Moor immer wieder nasse Füße zu bekommen.

Da Hüklüt ein bißchen schlauer war als seine Artgenossen, kam er auf die Idee, seine Wege mit Sand aufzuschütten, um ungehindert vorankommen zu können.

Gleich am nächsten Tag ging er in die Stadt und kaufte einen Sandsack. Dieser hatte aber ein Loch, das der Riese nicht bemerkte. Bei jedem Schritt verlor er ein bißchen von seinem Sand. Sein erster Schritt brachte ihn nach Hagensfähr. Auf dem sandigen Untergrund entstand später die Warf an der Wümme.

Den nächsten Schritt machte er bis Sankt Jürgensfelde. Heute steht die Kirche St. Jürgen auf der Stelle, an der der Riese den zweiten Sandhaufen verlor. Dort bemerkte er auch das Loch, und nachdem er schon soviel von seinem Sand verloren hatte, blieb ihm nichts anderes übrig, als den Rest - so gut es ihm möglich war - in der Gegend zu verstreuen. So sind die vielen sandigen Stellen und Hügel im Teufelsmoor entstanden.

Als er dies getan hatte, und dabei wieder einen weiteren Schritt gemacht hatte, drückte es ihn am Fuß. Er zog seine riesigen Stiefel aus und bemerkte ein Sandkorn, das ihm wohl während der Arbeit in den Stiefel gefallen war. Voller Zorn über sein Unglück und seinen mißlungenen Plan schüttete er dieses Sandkorn aus.

Es war aber kein gewöhnliches Sandkorn, oder der Riese Hüklüt war kein gewöhnlicher Riese, oder aber der Zorn des Riesen Hüklüt war kein gewöhnlicher Zorn. Jedenfalls entstand aus diesem Sandkorn der Weyerberg, der als die höchste Erhebung im Teufelsmoor noch immer zu bewundern ist. Der Riese muß dann wohl, wie seine anderen Artgenossen, fortgegangen sein. Jedenfalls hat ihn hier kein Menschenauge mehr gesehen.

Die kürzeste Sage vom Weiher Berg erzählt Johann Georg Kohl in seinen »Nordwestdeutschen Skizzen« von 1864:

Die Mythe sagt, - wie sie denn dies von vielen in unserm Moore verstreuten Sandbergen erzählt, - daß ein »Hüne«, den Sand austheilend im Land umhergewandelt sei, sie aufgebaut habe, wie der griechische Hercules seine berühmten Felsensäulen am Eingang des mittelländischen Meeres.

Die Hunnen in der Marterburg

Es war in den Jahren 915 bis 917, als die Hunnen mit ihren schnellen Pferden Mitteleuropa überrannten. Sie verbreiteten überall Schrecken, plünderten und mordeten und kamen schließlich sogar bis nach Bremen.

Sie veranstalteten unter den Bremern ein schreckliches Gemetzel, steckten die Kirchen in Brand und töteten die Priester, die vor den Altären Schutz gesucht hatten.

Auf dem Höhepunkt des furchtbaren Geschehens zog aber ein Gewitter auf, das sich auf der anderen Seite der Weser gebildet hatte und sich mit Donner und Blitz über Bremen entlud, wie seit Menschengedenken kein Gewitter über Bremen getobt hatte.

Viele der Hunnen, die sich für unbesiegbar hielten, wurden vom Blitz erschlagen, manche flüchteten voller Schrecken und liefen in blinder Angst zur Weser, sprangen hinein und fanden in den aufgewühlten Wellen den Tod. Andere waren über die Domsheide gerannt, um das Ostertor und damit das freie Feld zu erreichen.

Die Bremer Bürger aber machten sich die Angst der Hunnen zu Nutze und trieben sie in eine enge Straße hinein.

Die Feinde stellten sich sofort auf die neue Situation ein, denn sie glaubten, sich in der engen Gasse gut verteidigen zu können. Sie hofften, die nahe Weser zu erreichen, wo sie sich vielleicht mit gestohlenen Schiffen hätten retten können.

In diesem Augenblick der Zuversicht öffneten sich die Fenster der Häuser über den Häuptern der Hunnen, und die Bremer Frauen gossen siedendes Wasser und Öl auf sie herab.

Fast alle Eindringlinge starben eines jämmerlichen und martervollen Todes.

Bremen aber war gerettet und der Vormarsch der Hunnen war für alle Zeiten gestoppt worden.

Die Straße, in der die Hunnen geschlagen wurden und eines martervollen Todes gestorben waren, heißt bis auf den heutigen Tag die »Marterburg«.

Sie liegt im Schnoorviertel.

Der Mord an drei Nonnen

Etwa dort, wo sich heute die St. Stephani-Kirche erhebt, befand sich in uralten Zeiten ein Nonnenkloster. Es mag vor tausend Jahren gewesen sein - wir wollen das nicht so genau nehmen, denn auf ein Jahr mehr oder weniger kommt es nicht an.

Eines Nachts herrschte ein fürchterlicher Sturm, und rabenschwarze Wolken bedeckten den Himmel. In Bremen blieb jedermann, der es einrichten konnte, zu Hause, und wer ins Bett ging, zog sich die Decke weit über den Kopf, um das schrecklche Brausen nicht hören zu müssen.

Es war schon spät, als ein Bösewicht an die Klosterpforte klopfte. Die Pförtnerin schaute hinaus, fragte nach dem Begehr des Mannes, und dem gelang es mit trickreichen Worten, drei Klosterfrauen aus dem Schutze der Mauern hervorzulocken.

Er tat ihnen Übles, ermordete sie und verscharrte sie im Sand.

Der Zufall fügte es, daß eben in jener Nacht die Magd des Bürgermeisters Cord von Gröpelingen, der im Eckhaus Obern-/Kreyenstraße wohnte, eine Wette einlösen wollte.

Die Magd hatte mit dem alten Diener des Bürgermeisters gewettet, daß sie trotz des Unwetters und obwohl die Nacht, wie sie sagte, keines Menschen Freund sei, zur Richtstätte in der Nähe des Nonnenklosters gehen würde. Dort war tags zuvor ein Verbrecher aufs Rad geflochten und vom Leben zum Tode befördert worden. Dem wollte sie das Barett vom Kopf nehmen und dem Diener bringen.

Der Diener, der sowieso nicht an den Wagemut der Magd glaubte, nahm die Sache gar nicht ernst. Leichtsinnig versprach er ihr einen neuen Rock, falls sie die Wette gewönne.

Und was niemand erwartet hatte - als die Nacht begann, verließ das Mädchen ohne zu zögern das Haus. Sie ging die Langenstraße hinunter, überquerte die Kleine Balge und erreichte die Richtstätte, wo sie alsbald, das Grauen mit der Aussicht auf einen neuen Rock überwindend, die Hand nach dem Barett ausstreckte.

In diesem Augenblick bemerkte die Magd den Bösewicht, der eben damit beschäftigt war, die letzte der drei Klosterfrauen zu töten. Sie hörte den Todesschrei der Frau und erschauerte. Gleichzeitig aber gewahrte sie das Pferd des Bösewichts. Es war in ihrer Nähe angepflockt und scharrte ängstlich und unruhig mit den Vorderhufen.

Das Mädchen nahm kurzerhand das Barett, schwang sich auf den Rücken des Pferdes, ritt wie der Teufel nach Bremen zurück und erreichte das Haus ihres Brotherrn. Sie führte das Pferd in den Stall des Hauses, übergab dem alten Diener das Barett und erzählte dem Bürgermeister, was sie gesehen hatte.

Der Bürgermeister beschloß, das Pferd an die Haustür zu binden, denn er war überzeugt, daß der Mörder der Klosterfrauen das Pferd nicht ohne weiteres aufgeben und suchen werde - denn es war ein prächtiges Pferd.

Und richtig, gegen Morgen erschien der Frevler in Bremen. Er erspähte sein Pferd und wollte sich eben hinaufschwingen, um davonzureiten. In diesem Augenblick traten der Bürgermeister und der Gerichtsdiener aus dem Haus und verstellten ihm den Weg.

»Ist das Euer Pferd?« fragte der Bürgermeister.

»Ja, es ist meins «, antwortete der Bösewicht. »Es ist mir diese Nacht entlaufen, und ich danke Euch, daß Ihr es eingefangen und an die Straße gebunden habt, so daß ich es ohne große Mühe habe wiederfinden können.«

»Wenn das so ist«, meinte der Bürgermeister, »dann müßt Ihr bleiben.«

Und ehe sich der Mann versah, hatte ihn der Gerichtsdiener in Fesseln gelegt. Und dort, wo er so übel gewütet hatte, ereilte ihn selbst das Schicksal.

Die Magd bekam einen neuen Rock von dem alten Diener und noch eine große Belohnung von der Stadt für ihren Wagemut.

Das Kloster wurde nach diesem Vorfall nach Lilienthal verlegt, wo wir noch heute die Klosterkirche besuchen können.

Eine der ermordeten Klosterfrauen konnte jedoch keine Ruhe finden. Als weiße Frau geistert sie durch die Stadt, vor allem durch das Stephani-Viertel.

Allerdings ist sie schon seit langem nicht mehr gesehen worden.

Gräfin Emma von Lesum, und warum die Bremer einem Krüppel ein Denkmal setzten

In Lesum lebte zu Beginn des 11. Jahrhunderts die Gräfin Emma. Sie war die Witwe des Billungers Lüdger und eine überaus gottesfürchtige Frau, die ihren Reichtum gern mit den Armen und vor allem mit der Kirche teilte.

Es wird erzählt - der Schriftsteller Friedrich Wagenfeld (1810-1846) hat die Geschichte zum ersten Mal aufgeschrieben - daß diese fromme und mildtätige Frau eines Tages in Begleitung ihres Schwagers, des Herzogs Benno von Sachsen, durch Bremen ritt und bei der Gelegenheit von einer Abordnung der Bremer Bürgerschaft begrüßt wurde.

Man tauschte, wie es sich gehört, ein paar Artigkeiten aus und klagte ein bißchen über das Wetter, mit dem man sich in Bremen, wie auch in Lesum schon vor 1000 Jahren immer wieder auseinandersetzen mußte. Ganz beiläufig brachten die Bremer das Gespräch auf das fette Weideland vor den Toren ihrer Stadt, das der Gräfin gehörte. Denn Bremen hätte das Land gern für ihre Viehherden gehabt.

Es mag wohl so gewesen sein, daß die Bremer der mit höflicher Aufmerksamkeit lauschenden Emma vorjammerten, sie wüßten nicht mehr, wohin mit ihrem Vieh. Es sei ja auf die Dauer auch keinem Menschen zuzumuten, im Sommer wie im Winter mit den Kühen und Schweinen die gute Stube zu teilen. Ob die gnädige Gräfin, so fragten die Bremer, nicht einen Ausweg wisse.

Die arglose Dame, die sich ja mehr mit dem lieben Gott und weniger mit listigen Menschen beschäftigte, tapte - zum Entsetzen ihres Schwagers Benno, der schon voraussah, worauf alles hinauslief - in die Falle. Sie antwortete den Bremern, sie wisse auch nicht, wie man dem Übelstand begegnen könne. Aber sie, soweit es in ihren Kräften stehe, würde gern helfen und erwarte entsprechende Vorschläge.

Die Bremer atmeten erleichtert auf und rückten, nach einigem Zögern - einer Anstandspause sozusagen - mit der Sprache heraus. Wie es denn wäre, so fragten sie, wenn die verehrte Frau Gräfin ihnen ein Stück von ihrem Weideland schenke, das sich so verlockend vor dem Herdentor - das damals, wie man sich denken kann, noch kein Herdentor war - erstrecke.

Die Rechnung ging auf.

Die Gräfin war sofort dazu bereit und versprach den Bremern soviel Land, wie ein Mann in einer Stunde umgehen könne.

Sie hatte allerdings nicht mit dem finster blickenden Benno gerechnet, der nämlich nicht nur ihr Schwager, sondern auch ihr Erbe war. Er hielt infolgedessen eine solche Schenkung für die reinste Verschwendung, und höhnisch fragte er, warum sie den Bremern nicht gleich ein Stück Land geben wolle, wie es ein Mann an einem Tag umgehen könne.

Die Gräfin, viel zu arglos, um den Hohn zu erkennen, hörte sich das gelassen an. Sie fand die Idee gut, und so sollte es geschehen. Damit aber alles seine Ordnung hatte, bat sie ihren Schwager Benno, die Sache in die Hand zu nehmen.

Benno, ein ebenso listenreicher wie geiziger Edelmann, schluckte zweimal und - bestimmte einen zufällig in der Nähe sitzenden Krüppel, der sich kaum von der Stelle bewegen konnte. Dieser sollte die Größe des den Bremern zugedachten Weidelandes ermitteln.

Nach einigen Sekunden verdatterten Schweigens erhoben die Bremer ein fürchterliches Wehgeschrei, denn sie konnten sich sehr gut vorstellen, wie weit es der Krüppel auf seinem Weg bringen werde.

Die Gräfin jedoch beruhigte die aufgebrachten Bürger, stieg vom Pferd, näherte sich dem Krüppel, legte ihre rechte Hand auf den Scheitel des Mannes und sprach ein Gebet. Danach schickte sie ihn auf den Weg.

Und, siehe da, der eben noch nahezu Bewegungsunfähige entwickelte ungeahnte Kräfte, denn ehe der Tag zu Ende gegangen war, hatte der Krüppel ein Gebiet umrundet, das die heutige Bürgerweide einschließlich Hauptbahnhof, Kongresszentrum und noch ein bißchen mehr sowie den ganzen Bürgerpark umfaßt.

So kamen die Bremer zu ihrer Bürgerweide, die sie vom Herdentor aus erreichten - von jenem Tor also, durch das dann jahrhundertelang die Viehherden getrieben wurden, die Kühe und auch die Schweine.

Aus Dankbarkeit gaben die Bremer einem See im Bürgerpark den Namen »Emmasee«. Sie widmeten der Gräfin eine wunderschöne Bank im Bürgerpark. Auch ein Bronzedenkmal an der H.-H.-Meier-Allee erinnert an den schicksalhaften Ritt der Gräfin und ihres Schwagers Benno.

Dem Krüppel setzten die Bremer ein Denkmal mitten in ihrer Stadt. Er liegt am Fuße des Rolands.

Das Opfer am Eisenradsdeich

»Eisenradsdeich« ist die alte Bezeichnung für den Osterdeich, und zwar für die Deichstrecke vom Ende der Pauliner Marsch bis zum Sielwall. Es heißt, der Name des Deiches bedeute »des Rates eiserner Deich«. Dieses Stück Deich war bei Sturm besonders gefährdet und wurde deshalb auch besonders gepflegt. Denn sollte der Deich an dieser Stelle brechen, so die Sage, ginge Bremen unter.

Der Volksmund sagte: »Wenn dat Isenrad brickt und de steenern Roland fallt, dann geiht Bremen unner!«

So geschah es denn auch, daß eines Tages ein gräßliches Hochwasser Bremen erreichte. Schon schwappte das Wasser der Weser über die Ufer und füllte die Keller an der Tiefer und in der Wachtstraße. Einzig der Eisenradsdeich hielt noch stand, was allerdings nicht mehr lange dauern sollte. Denn schon läuteten die Sturmglocken, und jedermann in Bremen wußte, daß der Eisenradsdeich gebrochen war.

Die Menschen ließen alles stehen und liegen und eilten zum Deich. Einige Beherzte packten an. Aber der Bruch vergrößerte sich immer mehr, und schon hörte man die Menschen murmeln: »Ein Bruch im Eisenradsdeich kann nur gefüllt werden, wenn...«.

Niemand wagte den Gedanken auszusprechen.

Doch die Gefahr für die Stadt Bremen wurde größer und größer. Wild und gurgelnd wälzten sich die ersten Wassermassen auf die Stadt zu und erreichten die ersten Häuser. Einer sprach es schließlich aus:

»Ein Mensch muß hinein - oder die Stadt geht unter.«

Schon wandten sich einige Bremer an die Ratsherren, die ebenfalls an die Unglücksstelle gekommen waren und verzweifelt auf das Wasser blickten.

»Einer muß hinein!«

Die Ratsherrn beratschlagten, und bald schon hörte man den städtischen Ausrufer:

»Wer ein Kind oder einen Greis opfern will, den wird die Stadt reich belohnen. Wer sich freiwillig zur Rettung Bremens entschließt, dessen Familie soll fortan zu den reichsten Patriziergeschlechtern der Stadt zählen!«

Einige Bremer wandten sich ab und gingen schnell zurück in ihre Häuser. Mütter rissen ihre Kinder an sich. Andere jedoch schauten gedankenvoll. Doch keiner wollte sich melden, sein Leben oder das Leben eines seiner Lieben zu opfern.

Da trat eine junge Frau vor den Rat der Stadt. Sie trug einen Knaben auf dem Arm, ein Kind der Sünde, wie sie sagte. Dieses Kind wollte sie opfern.

Die Ratsherrn schauten betreten. Aber es gab für sie keinen Ausweg, so meinten sie jedenfalls. Sie nahmen den Jungen und übergaben ihn den Schergen. Gleichzeitig empfing die Mutter einen Scheck über eine hohe Geldsumme.

Die Ratsherren wandten sich dem Jungen zu, um seine Verständigkeit zu prüfen, denn nur ein verständiger Mensch konnte geopfert werden.

Einer der Ratsherren fragte: »Was ist weicher als ein Kissen?«

Der Junge sagte mit einem sehnsüchtigen Blick auf seine Mutter: »Mutters Brust!«

Ein anderer Ratsherr fragte: »Was ist härter als Stein?«

Und leise schluchzend erwiderte das Kind: »Mutters Herz!«

Es waren seine letzten Worte.

Von einem der Schergen wurde das Kind in den schäumenden Strudel hinab geschleudert.

Die Mutter sah ihm mit starrem Blick nach, bis sein lockiges Haar von den Wellen verschlungen war.

Dann aber ertönte ein gellender Schrei!

Die Mutter stürzte dem Kinde nach!

Im selben Augenblick beruhigten sich die Fluten. Das Wasser zog sich zurück. Der Bruch am Eisenradsdeich konnte gestopft werden.

Bremen war gerettet.

Wie der Teufel einen Schusterjungen holte

Als Bremen noch zum Schutz gegen Feinde von starken Festungsmauern umgeben war, gehörte es zu den regelmäßigen Pflichten der Bürger, ein Wache zu übernehmen. Manch einer allerdings konnte es sich leisten, einen Ersatzmann zu stellen.

Dieses Glück hatte auch ein Schuhmachermeister, der über zwei Schusterjungen gebot. Es waren kräftige Burschen, und er befahl ihnen, für ihn auf Schildwache zu gehen. Die beiden konnten sich aber partout nicht vertragen. Und so gerieten sie vor den anderen Wachtposten in Streit über die Frage, wann wer wen ablösen sollte. Der eine nannte eine Uhrzeit, sofort protestierte der andere und sagte: »Das geht nicht!« Dann nannte er eine andere Uhrzeit, die ihm angenehmer war.

Doch weil sich die beiden nicht einigen konnten, rief der eine von ihnen endlich mit lauter Stimme: »Mi schall de Düwel halen, wenn ick nich recht hebbe!«

In diesem Augenblick verschwand der Schusterjunge vor den Augen der anderen, und niemand vermochte zu sagen, wo er geblieben sei.

Am nächsten Tag kehrte der Schusterjunge in die Stadt zurück. Er sah übel aus, seine Kleidung war verschmutzt und zerrissen, er selbst war bleich und wirkte verstört.

»Was ist passiert?« wollten die anderen wissen, und er erzählte ihnen, daß er in jenem Augenblick, da er den Fluch ausgestoßen habe, vom Teufel geholt worden sei. Der Beelzebub habe ihn mit seinen Klauen gefaßt und durch die Luft, über die Weser hinweg, bis nach Arsten gebracht.

Dort ließ er ihn am Rande eines schlammigen Pfuhles fallen und sagte: »Versprich mir deine Seele, dann werde ich fortan für dich die Wache halten.«

Der Junge dachte an all die schlimmen Geschichten, die jene erlebten, die sich mit dem Teufel eingelassen hatten. Er weigerte sich, und der Teufel geriet darüber in Zorn. Er warf den Schusterjungen in den Sumpf, nahm ihm das Schwert von der Seite und schlug auf ihn ein.

Aber der Junge ließ sich nicht erschrecken.

Schließlich steckte der Teufel dem Jungen ein paar Goldstücke in die Schuhe, um ihn damit zu ködern.

Als das aber auch nichts nützte, ließ ihn der Teufel endlich los und verschwand.

Der Schusterjunge rappelte sich auf, und als er fortgehen wollte, drückten ihn die Schuhe. Da fiel dem Jungen ein, daß ihm der Teufel Goldstücke in die Schuhe gesteckt hatte. Schnell zog er sich die Schuhe aus, aber er fand nur Steine darin.

Nachdem der Junge seine Geschichte erzählt hatte, hörte die Geistlichkeit davon.

Sie vernahm den Jungen und überzeugte sich von der Wahrheit seiner Aussagen. Das plötzliche Verschwinden und die Striemen an seinem Körper sprachen eine deutliche Sprache.

Die gläserne Kutsche

Eine Wäscherin aus der Steffensstadt sollte um zwei Uhr Morgens zum Waschen bei einer reichen Familie in der Altstadt sein. Sie fürchtete sich aber vor dem nächtlichen Weg und bat ihren Mann, sie zu begleiten.

Der hatte nichts dagegen, und als sie nun unterwegs waren, begann die Glocke von St. Stephani zu schlagen. Die Eheleute glaubten, es sei zwei Uhr, doch zu ihrem Erstaunen wollte die Glocke nicht aufhören - sie schlug Zwölf.

Da meinten die Wäscherin und ihr Mann, daß sie sich in der Zeit versehen hätten, und sie beschlossen, nach Hause zu gehen und sich noch einmal schlafen zu legen.

Noch ehe sie sich umdrehen konnten, näherte sich eine Glaskutsche in wilder Fahrt, die mit Hunden bespannt war. Die Kutsche, in der einige Bremer Damen saßen, hielt vor dem Ehepaar, und ehe sich der Mann versah, wurde ihm ein Halfter übergeworfen. Er wurde eingespannt, und von Neuem führte die wilde Fahrt durch die Straßen der Stadt, ohne Rast und ohne Ruh'.

Der Spuk war erst vorbei, als die Glocke von St. Stephani Eins schlug. Die Glaskutsche hatte sich in Luft aufgelöst, die Damen waren verschwunden ebenso wie die Hunde. Nur der Mann stand allein in der Steffensstadt und hatte keinen trockenen Faden am Leibe. Er war völlig verschwitzt.

Nach einer kurzen Verschnaufpause lief er nach Hause, als sei der Leibhaftige hinter ihm her. Er erzählte seiner Frau, was ihm passiert war. Danach legte er sich ins Bett, um sich zu erholen, was ihm aber nicht gelang.

Vier Wochen später war er tot.

Über das Geschehen in jener entsetzlichen Nacht hatte er nie gesprochen. Auch war er nicht zu bewegen, die Namen der Damen zu nennen, die er in der Glaskutsche gesehen hatte, obwohl er sie sehr genau erkannt hatte - ihre Namen hat er mit ins Grab genommen.

Der Nachtwächter und die Gans

Ein Nachtwächter sah spätabends am Stephanikirchhof eine Gans, die sehr groß, offenbar gut gefüttert und - wie es schien - herrenlos war.

Er beschloß, das Tier mit nach Hause zu nehmen, denn - so dachte er - das sei nun einmal ein herrlicher Sonntagsbraten, und das Wasser lief ihm schon bei dem Gedanken daran im Munde zusammen.

Allerdings ließ sich die Gans nicht so ohne weiteres fangen, so daß er schließlich zu seinem Stock griff und dem Tier ein Bein abschlug. Da konnte die Gans nicht mehr fliehen, der Nachtwächter nahm seine Beute unter den Arm und brachte sie nach Hause.

Die Frau des Nachtwächters freute sich sehr über den nahrhaften neuen Hausgenossen. Sie nahm die verwundete Gans, die vor Angst zitterte, und setzte sie hinter den Ofen.

»Morgen ist Schlachtfest«, dachte sie und malte sich den Sonntagsbraten aus.

Als der Nachtwächter und seine Frau am folgenden Morgen in die Stube traten, erschraken sie sehr. Hinter dem Ofen saß eine ihnen wohlbekannte vornehme Dame aus der Altstadt.

Sie jammerte und wehklagte und erzählte dem Ehepaar, daß sie sich in der vergangenen Nacht ein Bein gebrochen habe.

Der Nachtwächter, ein verständiger Mann, hielt es für sinnvoll, den Worten der Frau Glauben zu schenken.

Er erbot sich, die Verletzte ohne weiteres Aufsehen in ihre Wohnung zu bringen. Sie nahm das Angebot dankbar an.

Der Nachtwächter und seine Frau haben nie über diesen Vorfall gesprochen und keiner Seele davon erzählt. Damit erfüllten sie eine dringende Bitte der Dame.

Der Nachtwächter und seine Frau haben ihre Verschwiegenheit nie bereut.

Kindeshand, die sich an der Mutter vergreift, wächst aus dem Grabe heraus

Zu Beginn des 14. Jahrhunderts lebte eine arme Witwe in der Nähe des Doventores. Sie bewohnte dort ein Häuschen, das ihr die reiche Frau Schwanke geschenkt hatte, bei deren Eltern sie lange Jahre als treue und fleißige Magd gedient hatte. Auch holte sie sich von Frau Schwanke Tag für Tag die Reste des Mittagessens ab, so daß sie keine Not zu leiden brauchte.

Die arme Witwe aber hatte eine Tochter, die mit einem wohlhabenden Gerber verheiratet war, der in der soeben gebildeten Zunft der Gerber eine nicht unbedeutende Rolle spielte. Das allerdings war der Tochter zu Kopf gestiegen, und da sie ohnehin von harter Gemütsart war, so fuhr der Hochmutsteufel in sie. Sie schämte sich ihrer Mutter, und weil ihr ihre Gesellschaft unangenehm war, verbot sie ihrer Mutter sogar, je wieder ihr vornehmes Haus zu betreten.

Nun ergab es sich, daß der Ehemann von Frau Schwanke zusammen mit einigen seiner Verwandten in schlechte Gesellschaft geriet, die sich mehrere Gewalttaten erlaubte. Das konnte der Rat nicht dulden, und schließlich wurde Frau Schwankes Mann, zusammen mit seiner unschuldigen Familie aus der Stadt vertrieben.

Da stand die arme Witwe von einem Tag zum anderen mittellos im Leben, und in der Not beschloß sie, ihre Tochter aufzusuchen, was ihr hart genug ankam.

Mit zitternder Hand langte sie nach dem Stabe, und unterwegs blieb mehrmals stehen, denn sie fürchtete einen heftigen Auftritt ihrer Tochter.

Sie erreichte das Haus ihres Schwiegersohnes, stand zunächst unschlüssig davor, trat dann aber ein, in der stillen Hoffnung, der liebe Gott und der heilige Willhadus werden den harten Sinn der Tochter ändern.

Als sie die Wohnstube betrat, saß die ganze Familie beim Mittagessen. Die Witwe schämte sich ihrer ärmlichen Kleidung, begann aber die Hoffnungslosigkeit ihrer Lage zu schildern, so daß ihrem Schwiegersohn die Tränen über die Wangen liefen. Er wäre sofort bereit gewesen, die alte Frau bei sich aufzunehmen, und mit einem fragenden Blick schaute er zu seiner Frau. Doch als er ihre Augen sah, packte ihn blankes Entsetzen.

Auch seine Schwiegermutter erkannte den aufwallenden Zorn in den Augen ihrer Tochter. Erschrokken sah sie sich nach einem Stuhl um, weil sie nicht mehr die Kraft hatte zu stehen. Der Schwiegersohn eilte auf sie zu, um die halb Ohnmächtige aufzufangen. Das aber ließ die Tochter nicht zu.

Sie sprang auf, stieß ihren verstörten Mann beiseite, stürzte sich auf ihre Mutter, schlug sie mit den Fäusten und warf sie endlich zur Stubentür hinaus.

Die Mutter lag im Hausflur, das Gesicht zum Boden gewendet und - regte sich nicht mehr. Die herzlose Tochter rief ihr zu, sie solle sich erheben und für immer verschwinden. Aber die Mutter blieb regungslos.

In diesem Augenblick erkannte die Tochter, was sie angerichtet hatte. Sie begann zu jammern und zu klagen, und war von tiefstem Mitleid ergriffen. Sie beugte sich über die Unglückliche, um sie aufzurichten. Aber die Sinnesänderung kam zu spät, ihre Mutter lebte nicht mehr.

Dem irdischen Richter entging die Meisterin, denn es stellte sich heraus, daß die Alte nicht an den Folgen der Mißhandlungen gestorben war, sondern aus Angst.

Aber es dauerte nicht lange, da starb auch die Tochter eines jähen Todes. Einge Tage nach der Beerdigung bemerkten die Totengräber mit Grauen, daß die Begrabene die Hand, mit der sie ihre Mutter mißhandelt hatte, zum Grabe herausstreckte.

St. Victors Erscheinung im Dom

Am 10. Oktober des Jahres 1311 hielt man zu Ehren des heiligen Victors im Dom zu Bremen eine feierliche Prozession ab. Dabei trug sich folgende Begebenheit zu:

Der Domdechant, Herr Boege, stand zwischen dem Diakon und dem Subdiakon, als er beiläufig zu den beiden sagte: »Schaut, wer mag der stolze Ritter sein, der da mitten im Dom steht?«

Die beiden sahen in die Blickrichtung des Dechanten und sagten übereinstimmend: »Herr, da steht kein Ritter. Da steht niemand.«

Der Dechant war etwas irritiert. »Merkwürdig«, sagte er. »Ich sehe es doch ganz genau. Der fremde Ritter steht jenseits der Taufe.«

Weil aber die beiden anderen absolut nichts sehen konnten, wollte ihnen der Dechant das Gegenteil beweisen. Er gab sich einen Ruck und trat auf den unbekannten Ritter zu. Er redete ihn höflich und mit allem Respekt an und bat ihn, daß er St. Peters Brot mit ihm essen möge.

Der Ritter aber lächelte bescheiden und antwortete, daß ihm solches nicht zustünde.

Als der Dechant darauf nach seinem Namen fragte, erwiderte der Ritter: »Ich bin Victor, für den ihr hier die Prozession veranstaltet - zur Ehre Gottes.«

Da sah alles Volk, wie der Dechant niederkniete, um dem Heiligen seine Ehrfurcht zu erweisen.

Doch kaum war der Dechant auf die Knie gefallen, verschwand der heilige Victor.

Der Mehlkasten des Domdechanten

In den Jahren seit 1310 gab es immer wieder große Teuerungen überall im Land. Das Klima wurde kälter, die Ernten schlechter und viele Menschen verhungerten.

Vor allem im Osten Europas war die Not grenzenlos. In Polen zum Beispiel, das bis dahin die Kornkammer des europäischen Nordens gewesen war, herrschte ein solcher Mangel, daß man von Seeleuten hörte, es habe Fälle von Kannibalismus gegeben.

Auch Bremen blieb nicht von den Mißernten verschont. In der Hafenstadt an der Weser kostete ein Scheffel Roggen 24 alte Grote, und das war soviel Geld, daß selbst vermögende Bürger den Roggen nicht bezahlen konnten.

In diesen schweren Zeiten ließ der Domdechant, Herr Boege, ein gottesfürchtiger Mann, Korn und Mehl unter die Armen verteilen. Außerdem ließ er täglich mehrere Scheffel Mehl verbacken, zum Besten der Bettler, die sein Haus belagerten.

Bei seinem Gesinde stieß Herr Boege jedoch auf blankes Unverständnis. Sie machten ihm, mit allem Respekt, Vorhaltungen und redeten von Verschwendung. Seine Bediensteten wiesen ihn darauf hin, daß er und schließlich auch sie selbst in Verlegenheit kommen könnten: Denn, so meinten sie, der Vorrat an Korn und Mehl sei schon bald erschöpft.

Da versammelte Herr Boege sein Gesinde um sich und gebot, alles Korn aus allen Ecken des Lagers zusammen zu fegen, und im übrigen nicht abzulassen vom Almosengeben. Gott der Herr, sprach Herr Boege, werde alles wieder ersetzen.

Und siehe da, die Diener fingen an zu fegen und zu fegen, und am Abend meldeten sie dem Domdechanten, daß alle Winkel und Ecken des Lagerhauses voller Korn seien.

Da begann der fromme Herr Boege zu weinen. Er war von dankbarer Rührung überwältigt und ordnete an, daß die Armen noch zweimal soviel Korn erhalten sollten als vorher.

Und wann immer das Gesinde Korn fegte, wurde es nicht weniger, sondern mehr. Und so kam es, daß Bremen von der Hungersnot verschont wurde.

Der Sarg des St. Oleff

Diese Geschichte, die in »Bremen's Volkssagen« von Friedrich Wagenfeld erzählt wird, haben wir ein bißchen modernisiert, aber wirklich nur ein bißchen. In dieser Sage geht es um den heiligen Oleff, hinter dem sich König Olaf II. Haraldssohn von Norwegen verbirgt, der um 990 geboren wurde und von 1010 bis 1030 regiert hat. Er ist der norwegische Nationalheilige.

Die Huldigung des Erzbischofs

Im September des Jahres 1579 ging es in Bremen recht lebhaft zu. Von Früh bis Spät sah man Bürger mit Waffen durch die Straßen ziehen. Und an allen Kreuzungen wurden Pfähle eingerammt und mit Ketten versehen, um die Straßen im Notfall absperren zu können.

Am 22. September erreichten waffenfähige Männer aus Neuenkirchen die Stadt, am folgenden Tag erschienen wehrpflichtige Männer aus Bremerlehe (heute der Stadtteil Lehe der Stadt Bremerhaven). Die Soldaten wurden bei den Bürgern in Kost gelegt.

Ein Fremder hätte glauben können, die Stadt rüste sich zu einem großen Krieg. Aber alle Vorbereitungen galten einer friedlichen Feierlichkeit, denn man erwartete Erzbischof Heinrich, den dritten dieses Namens, der sich mal wieder von den Bremer Bürgern huldigen lassen wollte.

Die Stadt hatte beschlossen alles aufzubieten, was zur Verherrlichung des mächtigen Fürsten und seines Einzuges in Bremen beitragen konnte. Der Kirchenfürst war zugleich auch Bischof von Osnabrück und Paderborn.

Schon im August hatte der Rat vier Ratsherren beauftragt, die Bürger in jedem Kirchspiel aufzuzeichnen. Mann für Mann und welcherlei Gewehr ein jeder hatte, denn man wollte dem Erzbischof eine stattliche Streitmacht vorführen.

Am 25. September sollte der Erzbischof in Bremen einziehen.

Die Stadtoberen, an der Spitze die Bürgermeister Erich Hoyer und Carsten Steding, zogen dem Erzbischof entgegen. Sie trafen ihn und sein Gefolge mit 500 Pferden bei Oslebshausen. Als sie in Bremen einzogen, donnerten die Geschütze, und unter dem Geläute aller Glocken des Doms wurde der Fürst an der Domsheide von der Geistlichkeit empfangen.

Der Rat der Stadt sandte dem Erzbischof an diesem Abend zwei Last Bier, zwei Fässer Wein, vier fette Ochsen, zwanzig Schafe, zwei Lachse und eine große Menge Hafer.

Tags darauf fanden die Huldigungsfeierlichkeiten statt. Das Domkapitel und die Stiftsritterschaft leisteten im Dom ihren Eid, während die beiden Kämmerer im Namen des Rates und der Stadt im Rathaus den Schwur ablegten.

Der Erzbischof begab sich zunächst zu Pferde zum Dom, wo er dem Gottesdienst beiwohnte. Danach ritt der Fürst zum Rathaus, stieg an der Treppe beim Unser Lieben Frauen Kirchhof ab, wo er von Trompetern und Paukern begrüßt wurde. Nach dem Eid wurden Wein, Ingwer und Backwerk herumgereicht. Anschließend zog sich der Erzbischof in seinen Palast zurück, und im Rathaus wurden die nötigen Vorkehrungen für ein Festmahl getroffen.

Am Ende des Tages wurde der Fürst in der Oberen Halle des Rathauses mit seinen Rittern und Geistlichen bewirtet mit mancherlei Gerichten, Konfekt und anderem köstlichen Gebäck aus Zucker. Dazu gab es Wein sowie Hamburger und Einbecker Bier. Und wenn man ans Fenster trat, sah man unten auf dem Marktplatz die erzbischöflichen Trabanten in einem Turnier miteinander kämpfen.

Damit waren die Gastereien nun keineswegs zu Ende. Denn am folgenden Tag bewirteten die Älterleute den Fürsten auf dem Schütting, und dabei soll es sehr viel fröhlicher zugegangen sein, als am Tage zuvor im Rathaus. Es war dort unter anderem ein mit Geschützen versehenes Schiff aufgehängt, welches zur Belustigung der Anwesenden tüchtig kanonierte.

Der Sarg

Solche Pracht war seit Menschengedenken in der Stadt Bremen nicht zu sehen gewesen, und aller Orten, wo es etwas zu hören und zu sehen gab, war ein großes Gedränge von Bürgern und Fremden, die sich das Geschehen nicht entgehen lassen wollten.

Es wohnte aber zu jener Zeit hinter der Mauer, unweit der Aschenburg, der Kahnschiffer Karsten Tiemann. Der blieb daheim, während alle seine Nachbarn die Häuser hinter sich verschlossen hatten, um mit Weib und Kind nach dem Domshof und nach dem Markt zu gehen, wo das Schauspiel stattfinden sollte.

Karsten Tiemann saß in Schweigen versunken auf einem großen Stuhl am Fenster und schaute gedankenvoll auf die Weser. Dort lagen bunt beflaggte Schiffe vor Anker.

Und diese Schiffe waren das einzige, was er von all' den Festlichkeiten zu Gesicht bekam, da er wegen eigenen Siechtums und der Krankheit seines Kindes das Haus hüten mußte. Und nichts hätte ihn an die Anwesenheit des Erzbischofs in der Stadt erinnert, wenn nicht seit einigen Tagen auf der benachbarten Aschenburg eine Dame von hohem Rang mit zahlreichen Dienern eingekehrt wäre. Man wußte nicht, ob sie die Gemahlin eines Herrn vom Gefolge oder gar eine Verwandte des Erzbischofs war.

Im Hintergrund des Zimmers saß Tiemanns Frau neben dem Lager ihres kranken Kindes. Sie strickte und bückte sich von Zeit zu Zeit über den schlummernden Knaben, um seinen Atemzügen zu lauschen. Gelegentlich wandte sich der Mann ihr zu und sah sie fragend an. Sie nickte mit tröstlicher und beruhigender Gebärde, obwohl sie selbst wenig Hoffnung hatte, daß das Kind genesen werde.

Vor Jahren war Karsten Tiemann ein wohlhabender Mann gewesen. Dann aber verfolgte ihn ein Unstern, und was immer er beruflich oder privat unternahm, es mißlang.

Karsten Tiemann war ein Seemann gewesen, ein begabter und beliebter Schiffszimmermann. Nach seiner Heirat hatte er auf Bitten seiner Frau der See Lebewohl gesagt, hatte sich einen Weserkahn gekauft und sich um Frachtfahrten bemüht.

Aber soviel er auch verdiente, die Ausgaben waren immer höher. Mal zerriß ein Sturm die Segel, mal hatte das Schiff ein Leck, und eine Seuche, die Bremen heimsuchte, raffte seine Kinder hinweg. Nur der kleine Franz blieb am Leben. Doch jetzt schien auch sein Lebensfaden zu reißen.

Tiemann mußte Schulden machen, um zu überleben. Schließlich wuchsen ihm die Schulden über den Kopf. Er war am Ende, und kommende Woche sollte sein Haus im Rathaus bei brennender

Kerze, wie es in Bremen so üblich war, verkauft werden.

Es schien, als werde der Bettelstab künftig seine einzige Zuflucht sein.

Doch war auch sein Vermögen dahin, seine Gesundheit zerrüttet, er verzagte nicht. Er hoffte, daß er bald wieder gesund werde und sich mit seiner Schnitzkunst, in der er es zur Meisterschaft gebracht hatte, über Wasser halten könnte.

Trat man in seine Wohnstube, so erblickte man allenthalben die Spuren der bittersten Armut. Alles Entbehrliche war verkauft worden, um nur die dringendsten Bedürfnisse zu befrieden.

In dieser ärmlichen Umgebung mußte der Stuhl, auf dem der Kahnschiffer saß, besonders auffallen. Es war ein Meisterwerk der Bildschnitzerei mit reichen Blumengewinden, prächtig gestalteten Löwen, Drachen und Greifen, und auf den Ungeheuern ritten anmutige Kinder und musizierende Engel. Der Lehnsessel des Erzbischofs hätte nicht bequemer und kostbarer sein können.

Und wenn auch manch einer nach dem Stuhl gefragt und ein ansehnliches Geld dafür geboten hatte, Tiemann wollte sich nicht von diesem Stuhl trennen – ja, er ging so weit zu behaupten, Gedeih und Verderb der Familie hinge mit dem Stuhl zusammen.

Dazu aber gibt es eine Geschichte.

In jungen Jahren hatte Karsten Tiemann als Schiffszimmermann eine Reise nach Trontheim gemacht, und dort war ihm ein höchst ehrenvoller Auftrag zu teil geworden. Denn da die Schweden den wundertätigen Körper des heiligen Oleff, der im Jahre 1030 den Tod gefunden hatte, in ihre Gewalt zu bekommen trachteten, brachten ihn die Nordmänner in Sicherheit. Der Körper des Heiligen war unversehrt, ohne die mindeste Spur der Verwesung, und die Todeswunde war noch deutlich zu sehen.

Allein der Sarg des heiligen Oleff, der bereits mehr als ein halbes Jahrtausend alt war, drohte auseinander zu fallen. Man suchte also nach einem tüchtigen Zimmermann, den man bitten konnte, einen neuen Sarg zu schreinern. So kam man auf Karsten Tiemann, der sofort bereit war, den Auftrag in kurzer Frist zu erfüllen.

Es war für ihn ein gutes Geschäft, denn blanke Silbertaler füllten seinen Beutel. Doch den besten Lohn hatte er sich heimlich selbst genommen - es handelte sich um zwei Splitter von dem alten Sarg des Märtyrers.

Tiemann war überzeugt, daß ihr Besitz glückbringend sein müsse, obwohl er der neuen christlichen Religion angehörte, in dem der Glaube an Reliquien als Aberglauben verschrieen war.

Er hob die Splitter sorgfältig auf, und als er nun daheim sein eigenes Hauswesen einrichtete und Tisch, Stühle und Schränke fertig waren, da hätte er auch gern seinen Heiligtümern einen würdigen Schrein bereitet. Allein, er hatte Bedenken, sich offen zu den Heiligtümern zu bekennen.

Da gab er, um sich keinem Verdacht auszusetzen, dem Behälter die Gestalt eines Sessels und brachte die Reliquienlade, von Engeln bewacht, in der Rückenlehne an.

Dort hinein legte er, ohne es jemandem zu sagen, eine der beiden Reliquien. Den anderen Splitter hatte er im Mast seines Schiffes verborgen. Mit Hilfe dieser Splitter, so meinte er, werde ihm alles gelingen - zu Lande und zu Wasser.

Das erwies sich aber als ein Irrtum, und irgendwann schien sein Vertrauen zu bröckeln, ja, es schien ihm eine Sünde, sich auf die Reliquien zu verlassen.

Mehrfach war er drauf und dran gewesen, sich einem Geistlichen der neuen Lehre anzuvertrauen. Aber es war beim guten Willen geblieben, denn er wagte es nicht. Auch fehlten ihm die Worte, um alles erklären zu können.

Johann Knecht

Mit diesen Gedanken beschäftigte sich Tiemann auch heute wieder. Da trat sein Knecht in die Stube, brummte einen mürrischen Gruß und setzte sich in die andere Fensterecke.

Es war Johann Knecht, gebürtig aus Bremerlehe, der als letzter im Dienste das Kahnschiffers Tiemann geblieben war - alle anderen hatten ihn verlassen.

Johann Knecht war ein verschlossener Geselle. Aber er war rührig und tat seine Arbeit, ohne zu murren. Die Vergangenheit des Mannes interessierte Tiemann nicht. Man erzählte, daß er mehreren Mädchen die Ehe versprochen hatte und gesagt habe, ihn solle der Teufel holen, wenn er sie nicht ehelichte.

Als er nun im März des Jahres 1579 von Lehe nach Weddewarden in Begleitung eines Mädchens ging, wurde er mit Sausen und Brausen durch die Luft entführt und ins Sieltief bei Weddewarden bis zum Halse ins Wasser niedergesetzt. Er rettete sich nur mit knapper Not.

Seit der Zeit hatte er eine Leichenfarbe, und jedermann ging ihm aus dem Weg. Deshalb beschloß er, die Heimat zu verlassen und nach Bremen zu wandern, wo er bei Karsten Tiemann eine Zuflucht fand.

Johann Knecht hatte eine Weile vor sich hingebrütet, dann aber meinte er, er werde nicht mehr auf das Schiff zurückgehen, weil es dort nicht geheuer zugehe. Er erzählte, daß er nachts von Gepolter und Geschrei aufgewacht sei, und am Morgen habe er Blätterwerk und Zweige auf dem Verdeck gefunden.

Karsten Tiemann hatte mit ungläubiger Miene zugehört. Er war überzeugt, daß auch Johann Knecht nur einen Grund suchte, um seinen Dienst zu quittieren. Und so erhielt Johann Knecht seinen Abschied. Karsten Tiemann stand allein und beschloss, die kommende Nacht auf dem Kahn zu schlafen.

Die Ausfahrt

Es war ein ganz normaler Abend.

Auf der Aschenburg waren alle Fenster erleuchtet. Dort wurde, so vermutete Tiemann, ein Fest gefeiert. Auch hörte er Wortwechsel aus einer der Schenken am Ufer. Eine Frau zankte ihren Mann aus, doch allmählich wurde es still.

Tiemann legte sich in seine Koje, um zu schlafen. Kaum hatte es vom Stephaniturm elf geschlagen, vernahm Karsten Tiemann über sich ein Trappeln und Scharren, ein Laufen und Wandern, wie wenn ein großes Volk sich auf dem Deck aufstellte, und mit Grausen erkannte Tiemann, daß Johann Knecht die Wahrheit gesagt hatte.

Da verhallte der elfte Schlag von St. Stephani, und Tiemann bemerkte, daß sein Schiff ablegte und mit rasender Geschwindigkeit von dannen fuhr. Die Wogen klatschten mit donnerähnlichem Brausen gegen die Planken des Schiffes, und dazwischen hörte man das Lachen und Kichern vieler Menschen.

Allmählich verhallte das Getöse. Mit einem Ruck lag das Schiff still, und die Gesellschaft ging von Bord.

Da schwang sich auch Karsten Tiemann aufs Deck und sah zu seiner Überraschung die Sonne hoch am Himmel stehen. Sie beleuchtete eine geräumige Bucht mit vielen Schiffen darin und eine Stadt mit hunderten von Türmen, deren vergoldete Kuppeln wie Edelsteine funkelten.

Karsten Tiemann gewahrte prächtige Gärten mit Cedern und Kokospalmen, mit wundersamen Blumen und mit Gewässern, in denen glasklares Wasser stand. Ringsum aber herrschte reges Leben und Treiben.

Neugierig ging er an Land, wo Menschen aller Hautfarben anzutreffen waren. Es wurde gehandelt und gearbeitet, und einmal sah er eine vornehme Dame in einer Kutsche vorüberfahren, und es schien ihm, als habe er die Dame schon einmal in Bremen gesehen.

Als er eine Schildwache bemerkte, fragte er, wo er denn überhaupt sei. Er erhielt zur Antwort: »In Ostindien!«

Da wurde ihm das Herz schwer, denn er dachte an zu Hause, an seine Frau und an das kranke Kind, und daß er nun nicht mehr für sie sorgen konnte, denn wie sollte er von Ostindien nach Bremen zurückkommen.

Er setzte sich auf einen Stein und fing an zu weinen.

Da trat die Schildwache heran, die seine Gedanken erraten hatte. Sie forderte ihn auf, guten Mutes zu sein. So wie er gekommen sei, so werde er auch wieder davon fahren. Er möge sich nur beeilen, zurück an Bord zu gehen.

Er befolgte den Rat, kaufte noch einige Limonen und Apfelsinen und begab sich so schnell es ging an Bord, kroch in seine Koje, und es dauerte nicht lange, da vernahm er das bekannte Trappeln und Stampfen, das Brausen und Sausen. Und wieder lag das Schiff ruhig. Es polterte und kreischte, und es schien ihm, daß man nach etwas suche. Dann aber schlug die Glocke vom Stephansturm Eins. Es wurde totenstill, und Karsten Tiemann versank in einen tiefen Schlaf.

St. Oleff

Am nächsten Morgen war ihm ganz eigen im Kopf. Er glaubte geträumt zu haben. Doch dann sah er die Blätter und Zweige auf dem Deck liegen. Er fand die Limonen und die Apfelsinen, die er in Ostindien gekauft hatte. Doch ehe er nach Hause ging, brachte er das Schiff in Ordnung und fand einen kostbaren silbernen Becher mit Figuren und Wappen geschmückt, darunter befand sich auch das Wappen des Erzbischofs von Bremen.

Tiemann verbarg das Kleinod unter seiner Jacke und begab sich ans Ufer, um vor seiner Haustür zu horchen. Es war still im Haus. Er klopfte an die Tür, und seine Frau öffnete, leichenblaß.

»Gottlob, daß du endlich kommst«, sagte sie. »Es war eine lange Nacht!«

»Und ich bin in Ostindien gewesen«, sagte Karsten Tiemann und schüttelte immer noch den Kopf, weil er es selbst nicht glauben konnte.

Die Frau schlug erschrocken die Hände über dem Kopf zusammen. Aber dann reichte er ihr die Limonen und die Apfelsinen, und er erzählte von dem kostbaren Becher, den er an Bord gefunden hatte.

Die Frau aber sagte: »Es ist dieses also eine Nacht der Wunder und des Schreckens für uns beide gewesen. Denn hier in der Stube war es auch nicht geheuer. Was aber wirklich war, das weiß ich nicht. Das wird uns der kleine Franz erzählen, wenn er wach geworden ist. Ich weiß nur eines, daß der Junge aus seinem Bett heraus gestiegen ist, und als ich ihn zurückhalten wollte, hat er gesagt, er müsse zu dem Rittersmann, der auf deinem Stuhl gesessen und ihn ungeduldig herbei gewinkt habe.

In diesem Augenblick erwachte der kleine Franz, begrüßte den Vater mit zarter und keineswegs kranker Stimme, schaute nach dem Tisch und sagte: »Da sind sie ja wirklich, die goldenen Äpfel, durch die ich gesund werden soll.«

Damit sprang er aus seinem Bette heraus, nahm eine Limone vom Tisch und hielt sie jubelnd in die Höhe.

»Durch welche du gesund werden sollst?« fragten die Eltern wie aus einem Munde.

»Nun ja«, plapperte der Kleine lebhaft, »das hat er sagt, der schöne Ritter und noch vieles andere mehr. Auch fragte er mich, ob ich einen Auftrag an dich ausrichten könne und wolle, und als ich dies freudig bejahte, versprach er mir, daß du mir die schönen Goldäpfel mitbringen werdest, davon ich sofort genesen werde.« Der Junge fragte bescheiden: »Darf ich sie haben?«

»Um Gotteswillen, ja!« sagte der Vater. »Doch nun berichte mir von dem Auftrag, den du mir ausrichten sollst!«

Da begann der Junge: »Du habest, sagte der Mann, dich unrechtmäßiger Weise dessen angemaßt, das fünfhundert Jahre lang die Stütze seines Hauptes gewesen sei. Das mögest du gläubigen Händen übergeben. Der fernere Besitz, wie er dir bisher Unheil bringend gewesen sei, werde dich am Ende völlig ins Verderben stürzen. Denn das Heilige sei in der Hand des Ungläubigen und Ungeweihten eine verzehrende Kohle. Die Geister der Finsternis würden nach wie vor volle Gewalt über Dich und die Deinen haben, wolltest Du den Rat verachten. Seist du aber gesonnen, gehorsam zu sein, so wäre jetzt eine Gelegenheit dazu, wie sie sich dir in deinem ganzen Leben nie wieder bieten werde. Darum sollst du die Anwesenheit des hochwürdigen Herrn Erzbischof nutzen und ihm die Heiligtümer zu übergeben. Der würde es dir lohnen mit Dank und Gold.«

Der Knabe hatte mit tiefem Ernst gesprochen. Jetzt aber spielte er wieder mit den Limonen.

Die Frau aber sah ihren Mann forschend an, und der wußte, daß der heilige Oleff selbst in seinem Hause gewesen war. Karsten Tiemann erzählte nun alles seiner Frau und danach entschloß er sich, des Ritters Willen zu erfüllen.

Er ging zur Domsheide, um den Fürsten zu sprechen. Allein, der Fürst wurde abgeschirmt. Doch schließlich gelang es ihm, einen paderbornischen Stiftsgeistlichen anzusprechen und ihm alles zu erzählen.

Der aber hörte mit steigender Aufmerksamkeit zu, lauschte der einfachen Erzählung des Kahnschiffers Tiemann und bezeichnete es als eine Fügung des Himmels, daß er sich gerade an ihn, an den Stiftsgeistlichen aus Paderborn, gewandt habe.

Da er, Tiemann, nicht mehr der katholischen Kirche angehöre, andererseits aber dem Heiligen in der Stille seine Ehrfurcht nicht versagt habe, werde er ermessen können, mit welcher Inbrunst der wahre Gläubige sich jenem unschätzbaren Heiligtum zuwende. Und da der ritterliche Heilige ihm befohlen habe, sein Eigentum nicht länger mit uneingeweihten Händen zu betasten, so müsse es ihm doch wohl angenehm sein, ihm, dem Geistlichen, die Reliquien zu übergeben. Sie sollten im Dom zu Paderborn, in Gold und Edelsteine eingefügt, eine Labe für viele Tausende von Gläubigen sein.

Der Geistliche sagte weiter: »Dein guter Wille soll nicht unvergolten bleiben. Ich will Sorge tragen, daß deine Schulden bis auf den letzten Schwaren bezahlt werden. Und Deine Not wird zu Ende sein.«

Karsten Tiemann und der Stiftsgeistliche verabredeten sich zu einem abendlichen Treffen am Roland. Von dort aus sollte Tiemann den Geistlichen zu sich nach Hause führen, um ihm die Splitter vom Sarg des heiligen Oleff zu übergeben.

Beim Abschiednehmen sah Karsten, wie eine Schwalbe, die in einiger Entfernung auf einem Pfahl gesessen hatte, sich in dem Augenblick, da er nach Hause gehen wollte, in die Lüfte erhob und mit hellem Gezwitscher vor ihm her pfeilgeschwind die Langenstraße hinunter flog.

Karsten Tiemann schritt rüstig vorwärts und wollte gerade an der großen Fischerstraße vorübergehen, als ihn ein Mann zu sich heranwinkte, der seinem Aufzug gemäß ein Diener einer hohen Herrschaft sein mußte. Er hatte ihn offenbar erwartet und forderte ihn auf, ihm auf die Aschenburg zu folgen.

Der Pokal

Karsten Tiemann wunderte sich nun über gar nichts mehr. Er folgte dem Manne, sah auch die Schwalbe wieder. Sie saß über dem Torweg der Burg, als sei sie neugierig, ob Tiemann der Einladung folgen werde, und als sie ihn kommen sah, schwang sie sich in die Höhe und verschwand in der Burg.

Karsten Tiemann wurde es auf dem weiteren Weg etwas unheimlich. Schon wollte er sich aus dem Staub machen, als er die fremde Dame gewahrte, die mit schnellen Schritten auf ihn zutrat.

»Unglückseliger!« rief sie. »Was führte dich hin zu dem Fürsten? Was hast du dem Geistlichen anvertraut? Leugne nicht. Denn ich sage dir, du gehst nicht lebendig von dannen, wenn du ein einziges Wörtlein von einem gewissen Becher hast fallen lassen.«

»O Gott, der Becher!« platzte Karsten Tiemann heraus. »Ich habe mich also nicht geirrt, hohe Frau, als ich Euch in der vergangenen Nacht in Ostindien gesehen habe?«

»Geschwätz!« unterbrach sie ihn mit bösen Augen. »Ich rede von dem Becher, den gestern abend einer meiner Edelknaben über das Geländer der Burg fallen ließ. Er kann nur auf das Deck deines Schiffes gefallen sein.«

»Ach so!« sagte Karsten, dem langsam ein Licht aufging. »Ich habe geglaubt, Ihr hättet ihn auf der Rückfahrt von Ostindien benutzt und ihn auf dem Schiff verloren!«

»Laß das törichte Reden«, sagte sie, »Du hast den Becher gefunden.«

»Gewiß«, sagte er.

»Und hast du das Wappen erkannt?«

»Es ist das Wappen des Herrn Erzbischofs von Bremen«, antwortete Karsten Tiemann.

»Und du hast es bei dem Herrn Erzbischof angezeigt, daß der Pokal in deinen Händen sei?«

»Das habe ich ganz vergessen«, sagte Karsten Tiemann etwas kleinlaut.

»Du wirst auch in Zukunft darüber schweigen!« gebot ihm die Dame, sichtlich beruhigt. Sie fügte hinzu: »Der Pokal ist ein Geschenk des Fürsten, und er würde es übel vermerken, wenn er jemals in Erfahrung brächte, mit welcher Fahrlässigkeit das Kleinod gehandhabt worden ist. So du mir den Becher aber augenblicklich zur Stelle bringst, wirst du reichen Lohn empfangen.«

Karsten versprach es, eilte nach Hause, wo er von einem fröhlichen und gesunden Franz empfangen wurde. Er ging ohne Umwege an den Schrank, wickelte den Pokal vorsichtig ein, rief seiner Frau zu: »Ich muß noch einmal fort. Aber es wird alles gut werden!« und machte sich auf den Weg zur Aschenburg.

Dort wurde er von der Dame in dem Sommerhäuschen der Burg empfangen. Sie nahm den Pokal entgegen, füllte ihn bis zum Rand mit blanken Talern und schüttete sie dem erstaunten Karsten in ein Tüchlein.

Er zögerte, den Schatz zu nehmen. Doch sie wikkelte eigenhändig das Tuch zusammen, gebot ihm, mit niemandem über den Pokal und den Handel zu reden. Tiemann versprach es.

Mit leichtem Herzen und schwerem Beutel kehrte er nach Hause zurück. Er freute sich über die Augen seiner Frau, der er alles erzählte und die ihm Verschwiegenheit geloben mußte.

Anschließend holte er den kleineren Sargsplitter vom Kahn herunter, legte ihn zu dem anderen Splitter und begab sich zum Roland, um den Stiftsgeistlichen abzuholen, der ihm schweigend folgte. Zu Hause angekommen übergab Karsten Tiemann dem Geistlichen die Reliquien und empfing dafür einen schweren Beutel mit Goldgulden.

Der Geistliche ging.

Doch Karsten Tiemann war nicht wohl zumute. Er sagte: »Mir ist doch bei dem Handel judasmäßig zu Sinn!«

Die Frau antwortete nicht.

Doch da erhob sich der kleine Franz aus seinem Bette, wo er die ganze Zeit über ruhig geschlafen hatte. Er wandte sich an den Vater und sagte, der Ritter sei wieder im Hause gewesen. Er habe ihm aufgetragen, dem Vater zu danken und ihm nochmals zu sagen, daß fortan dem Hause reiches Glück beschert werde. Und er, der Vater, solle ich keine unnützen Gedanken machen.

Nun wurde Karsten Tiemann fröhlich und blickte mit lachenden Augen in die Zukunft.

In der Nacht aber wurden Tiemanns von einem Lärm auf der Straße geweckt. Da bemerkten sie, wie das Gefolge der fremden Dame Anstalten traf zur Weiterreise. Voraus ritten Reisige und Trabanten mit langen Speeren. Alsdann fuhr die große Kutsche, worin die hohe Dame saß. Im Anschluß daran kam das ganze Gefolge.

Karsten Tiemann aber schien es, daß sie alle zu ihm hinaufblickten, und auch die Dame schaute aus ihrem Kutschenfenster und grüßte zum Abschied.

Als alle vorüber waren, kam noch ein einzelner Reiter. Der trug eine Mütze von grauem Pelz und ritt einen mächtigen schwarzen Hengst. Wenn der ausschritt, dann sprühten die hellen Funken aus den Steinen.

Auch dieser Reiter grüßte herauf zu Karsten, und der erkannte deutlich die erdfahlen Züge des Johann Knecht.

Daraufhin legte sich Karsten Tiemann schnell ins Bett und zog sich die Decke über den Kopf.

Am anderen Morgen erwachte Karsten erst, als die Sonne schon hoch am Himmel stand.

Er frühstückte und machte sich auf den Weg. Er ging zu seinen Gläubigern und bezahlte alle seine Schulden.

Er betrieb sein Geschäft nach wie vor, und alles, was er unternahm, gelang ihm, so daß sich sein Wohlstand von Tag zu Tag mehrte.

Um das Kopfschütteln und die spitzen Reden der Nachbarn kehrte er sich wenig. Denn die Nachbarn zerbrachen sich vergebens die Köpfe darüber, ob er wohl auf rechtmäßige Weise zu dem vielen Geld gekommen sein möge.

Der bösartige Armenvogt

Es lebte zu Beginn des 17. Jahrhunderts, als das gotische Rathaus durch Lüder von Bentheim eine neue Fassade bekam, in Bremen ein Armenvogt. Er hieß Gerd Geeloge und war ein unangenehmer Mensch, der sich an dem Leid anderer weidete.

So war es ihm eine Herzensfreude, wenn er einen armen Sünder ins Halseisen schließen konnte. Und als größtes Glück empfand er es, wenn ihm der Herr Camerarius, der Herr Ratskämmerer, einen armen Bettler oder einen Herumtreiber überantwortete, mit dem ausdrücklichen Befehl, ihn zu bestrafen. Das bedeutete, daß der Sünder nicht nur ins Halseisen geschlossen wurde, sondern auch am Pranger stehen mußte.

Wenn aber der Herr Ratskämmerer mit keinem Sünder dienen konnte, ging Gerd Geeloge durch die Stadt und hatte immer nur einen Gedanken: »Wen kann ich mir heute schnappen?«

Jeder arme Mann, der ihm begegnete, wurde scharf gemustert, nicht etwa, um zu erforschen, ob er wohl betteln ginge oder sich herumtrieb und sich damit strafbar machte, sondern wie er sich im Halseisen ausnehmen würde.

Seine Leidenschaft ging so weit, daß er auf Deubel komm 'raus und ohne Wissen des Ratskämmerers, der ein gottesfürchtiger und im Grunde vernünftiger Mann war, die Leute einschloß. Erst recht dann, wenn zwei zusammen zu passen schienen. Denn Gerd Geeloge hatte die unangenehme Gewohnheit, immer zwei Mann nebeneinander zu stellen, und da er Gegensätze liebte, so freute er sich, wenn er einen kurzen Dicken und einen langen Dünnen zusammen schließen konnte.

Dann mußte sich zum Vergnügen des Armenvogts der lange Dünne bücken, während sich der kleine Dicke auf die Zehenspitzen stellen und den Hals übermäßig lang machen mußte, wollte er nicht ersticken.

Natürlich gab es auch noch andere Leute, die sich darüber amüsierten und Gerd Geeloge uneingeschränkte Anerkennung zollten, wenn er wieder einmal zwei besonders gegensätzliche Typen in ein Halseisen geschlossen hatte.

Nun ergab es sich, daß er den besonders langen und dünnen Cord Lange beim Betteln erwischt hatte. Ehe der sich versah, stand er schon im Halseisen, und Gerd Geeloges Augen suchten nach einem Gegenstück, nach einen kurzen Dicken.

Da kam ein Bauer über den Markt, an dem selbst ein Gerd Geeloge nichts auszusetzen hatte. Er wirkte fröhlich und zufrieden und hatte rote Wangen. Allerdings war es ein verhältnismäßig kleiner und dicker Mann – ja, er war so breit wie lang, und er hätte bequem unter dem langen Cord Lange durchlaufen können.

Das war nun eine günstige Gelegenheit, ein für Gerd Geeloge besonders ansprechendes Bild zu schaffen. Er ergriff den Bauern, zerrte ihn, der sich heftig sträubte, ans Halseisen und wollte ihn neben Cord Lange stellen.

In diesem Augenblick kam der Ratskämmerer des Wegs, und voller Erstaunen fragte er den Armenvogt:

Was ist passiert? Was habt Ihr mit meinem Meier zu chaffen?«

Da erschrak Gerd Geeloge, ließ sein Opfer los und bat demütig um Verzeihung. Er habe nicht gewußt, agte er, daß der Bauer der Meier des Ratskämmerers ei, er habe ihn nur aus Gottlosigkeit einschließen wollen.

Das war dem Ratskämmerer zuviel. Er war nicht gesonnen, dergleichen unzeitige Gottlosigkeit und Scherze zu dulden.

Er ließ Gerd Geeloge in den Hurrelberg setzen. Das war das Gefängnis in Bremen und - wie man sich vorstellen kann - kein besonders bequemer Ort.

Der Schimmel im Blockland

Manchmal, in mondhellen Nächten, trifft man im Blockland einen prächtigen Apfelschimmel mit lang herabwallender Mähne, und manch einer ist geneigt, sich auf den Schimmel zu schwingen, um davon zu reiten. Aber das sollte man lieber bleiben lassen.

Zwei junge Burschen, zwei Brüder aus Bremen, verließen eines Abends die Stadt, um nach Ritterhude zu gehen. Sie hatten bereits das Blockland erreicht, als sie den wunderschönen Schimmel auf einer Weide stehen sahen.

Der jüngere Bruder schlug dem älteren vor, sich des Schimmels zu bedienen. Man könne ihn ja im nächsten Tag zurückbringen. Aber es sei doch sehr viel bequemer, auf dem Rücken eines so schönen Pferdes nach Ritterhude zu reiten, als zu Fuß dorthin zu gehen.

Der ältere Bruder warnte ihn davor, mit einem wildfremden Pferd einen so weiten Ausflug zu machen. Aber der andere lachte. »Wenn du nicht willst – ich mache es mir bequem«, sagte er, und er rief dem Zurückbleibenden nach: »Wir sehen uns im nächsten Wirtshaus wieder!«

Kaum er hatte das gesagt, da waren Roß und Reiter schon verschwunden.

Der Fußgänger fand es in diesem Augenblick recht verdrießlich, daß er der Einladung des Jüngeren nicht gefolgt war. So mußte er sich mühsam seinen Weg durch das sumpfige Blockland bahnen und erreichte das Wirtshaus nach mehr als einer Stunde, wo er den Bruder zu treffen gedachte.

Doch der Bruder war nicht da.

Er fragte den Wirt. Doch der hatte an diesem Abend noch keinen Gast bewirtet.

Da blieb dem älteren Bruder nichts anderes übrig, er mußte warten.

Eine Stunde verging. Eine zweite Stunde ging zu Ende, und noch eine. Mitternacht war längst vorüber.

Da endlich öffnete sich die Tür und herein trat der jüngere Brüder - ohne Hut und Stock, mit zerzausten Haaren und schweißgebadet.

Er war ganz außer Atem und erzählte, daß der Schimmel mit ihm wie toll über Stock und Stein davon gerast sei. In Lilienthal aber habe ihn der Renner abgeworfen und sei spurlos verschwunden.

Nur mit großer Anstrengung habe er danach das Blockland finden können.

Da wußte der Wirt Bescheid. Er sagte, es sei der Schimmel gewesen, der seit undenklichen Zeiten beim Mondschein sein Unwesen im Blockland treibe, und er fügte an die Adresse des jungen Burschen hinzu: »Sei froh, daß dir nichts Schlimmeres passiert ist!«

Till Eulenspiegel in Bremen

Der Schalk Till Eulenspiegel, der – wie es heißt – im Jahre 1350 in Mölln gestorben ist, hat ja überall in Norddeutschland seine Spuren hinterlassen. Mit seinen Streichen, die er ausheckte, machte er sich Feinde, aber auch Freunde.

Es versteht sich, daß der weithin bekannte Narr auch in der Stadt Bremen weilte, wo er sogar viele Freunde hatte, und da nützt es nichts, wir müssen die Geschichten, ob wahr oder nicht, erzählen.

Wie Eulenspiegel in Bremen von den Landfrauen Milch kaufte und sie zusammenschüttete

Einst kam Till Eulenspiegel ausgerechnet am Markttag nach Bremen, und natürlich sah er sich den Markt an. Da gewahrte er, daß die Bäuerinnen sehr viel Milch bei sich hatten. Und schon begann es in seinem Kopf zu arbeiten.

Er wartete den nächsten Markttag ab, verschaffte sich eine große Bütte, setzte sie auf den Markt und kaufte von den Bäuerinnen alle Milch, die sie mitgebracht hatten.

Die Milch ließ er in die Bütte schütten. Und er schrieb jeder Bäuerin die Menge Milch an, die sie geliefert hatte. Dann bat er die Frauen, so lange zu warten bis er die Milch beieinander habe, dann wolle er bezahlen.

Die Bäuerinnen saßen im Kreis um Eulenspiegel herum und beobachteten sein Treiben.

Der aber kaufte so viel Milch, bis keine Frau mehr mit Milch kam und der Zuber beinahe voll war.

Da meinte Eulenspiegel mit bedauerndem Achselzucken: »Ich habe diesmal kein Geld. Wer nicht 14 Tage warten will, mag die Milch wieder aus der Bütte nehmen.«

Damit ging er hinweg.

Die Bäuerinnen machten ein großes Geschrei. Eine behauptete, sie habe so und so viel Milch in die Bütte gegeben, die andere wollte die Kollegin übertrumpfen und setzte noch einen drauf, die dritte desgleichen, und so ging es weiter.

Schließlich wurden die Frauen handgreiflich, schlugen einander und warfen mit Eimern, Fässern und Flaschen, und mancher Frauenkopf wurde getroffen. Sie begossen sich gegenseitig mit Milch und verschütteten am Ende alles, so daß es auf dem Markt aussah, als habe es Milch geregnet.

Die Bürger von Bremen, die das sahen, lachten über den Spaß, und Eulenspiegel wurde sehr gelobt wegen seiner Schalkheit.

Wie Eulenspiegel in Bremen seinen Gästen aus dem Hintern den Braten beträufelte, den niemand essen wollte

Die Bremer Bürger mochten Till Eulenspiegel wegen seiner Streiche leiden und schlugen ihm vor, für immer in Bremen zu bleiben.

Warum nicht? fragte sich Eulenspiegel und blieb tatsächlich lange in der Stadt, wo er sich dann allerdings eine seiner unappetitlichsten Narreteien leistete, die man nicht unbedingt erzählen sollte. Aber wenn man schon mal dabei ist...

In Bremen gab es eine Vereinigung von Bürgern, vor allem von Kaufleuten, die hielten miteinander Gelage in der Weise ab, daß jeder von ihnen einmal der Gastgeber war.

Diese Gelage müssen ein Vorläufer der noch heute bestehenden Schaffermahlzeit gewesen sein. Es gab Braten, Käse und Brot. Und wer ohne triftigen Grund fehlte, der mußte dem Gastgeber die Zeche zu Bremer Marktpreisen bezahlen.

Es versteht sich, daß auch Till Eulenspiegel eine Einladung erhielt, an einem solchen Gelage teilzunehmen.

Da das Gelage immer reihum ging, mußte auch Eulenspiegel eines Tages als Gastgeber einladen.

Er lud die Zechbrüder in seine Herberge, kaufte einen Braten und legte ihn aufs Feuer.

Als nun die Imbißzeit heranrückte und die Zechbrüder vor der Tür standen, nahm Till ein Stück Butter und steckte es in seinen Hintern. Den hielt er daraufhin über den Braten, der auf dem Feuer lag, und beträufelte so den Braten mit der Butter aus seiner Kerbe.

Als die Gäste an der Tür standen und feststellen wollten, ob er etwas gekocht habe, da gewahrten sie ihn, wie er beim Feuer stand und den Braten auf diese ziemlich unangenehme Weise mit Butter beträufelte.

Die Gäste aber begehrten auf, verzogen das Gesicht und sprachen: »Der Teufel sei dein Gast, wir essen den Braten nicht!«

Eulenspiegel aber erinnerte sie an die Zahlung der Zeche. Und jeder von ihnen zahlte gern, damit er nur nicht von dem Braten zu essen brauchte.

Wie es Eulenspiegel schaffte, daß eine Frau auf dem Markt in Bremen alle ihre Töpfe entzweischlug

Till Eulenspiegel reiste mal wieder nach Bremen und besuchte auch den Erzbischof, der einen Narren an ihm gefressen hatte, denn Till konnte kurzweilig erzählen. Außerdem hatte Eulenspiegel den Kirchenfürsten stets verschont, wenn es darum ging, jemandem einen Streich zu spielen.

Doch eines Tages meinte er, die Zeit sei gekommen, auch dem Erzbischof eine kleine Lektion zu erteilen.

Er wandte sich an die Frau eines Töpfers, die auf dem Markt ihre Töpfe feil hielt. Till Eulenspiegel kaufte alle Töpfe, bezahlte sie auf Heller und Pfennig und verabredete mit der Töpfersfrau, daß sie alle Töpfe zerschlagen sollte, wenn Till mit dem Erzbischof über den Markt ginge und ihr ein bestimmtes Zeichen gebe.

Daraufhin besuchte Eulenspiegel den Erzbischof und beiläufig erzählte er ihm, daß er die Gabe habe, andere Leute dazu anzustiften, etwas zu tun, das ihnen selbst schade.

Der Erzbischof guckte skeptisch, und Eulenspiegel meinte: »Gnädiger Herr, kommt mit mir auf den Markt. Dort sitzt eine Töpfersfrau mit irdenen Töpfen. Ich will mit Euch wetten, daß ich weder mit ihr sprechen noch ihr einen Wink mit den Augen geben werde - und dennoch werde ich sie dazu bringen, daß sie sich erhebt, einen Stecken nimmt und ihre irdenen Töpfe allesamt entzweischlägt.«

»Da bin ich aber mal gespannt«, sagte der Erzbischof, wettete um 30 Gulden, daß die Frau das nicht täte, und folgte Eulenspiegel auf den Markt. Der zeigte ihm die Frau und machte allerlei Gebärden, als ob er die Frau dazu bringen wollte, das Gesagte zu tun. Dabei schritten die beiden Männer auf das Rathaus zu, ohne sich weiter um die Frau zu kümmern, die sich aber bei der verabredeten Gebärde des Schalks von ihrem Hocker erhob und mit einem Stecken alle Töpfe entzweischlug, was natürlich zu einem allgemeinen Gelächter auf dem Markt führte.

Der Erzbischof war nachdenklich geworden, und nachdem die beiden den Hof des Erzbischofs wieder erreicht hatten, wollte der hohe Herr wissen, wie es Till geschafft hatte, ihn hereinzulegen.

Da bekannte Eulenspiegel Farbe. Der Erzbischof lachte und zahlte die 30 Gulden, doch mußte Eulenspiegel geloben, niemandem etwas von diesem Streich zu erzählen. Dann könnte es sogar sein, meinte der Erzbischof, daß für Eulenspiegel dabei auch noch ein fetter Ochse abfiele.

Eulenspiegel war darüber nicht böse, machte sich reisefertig, versprach bald wieder zu kommen und den Ochsen abzuholen. Nach diesen Worten zog er von dannen.

Der Erzbischof aber saß am Abend mit all seinen Herren bei Tisch und brüstete sich damit, daß auch er die Kunst verstünde, die Töpfersfrau dazu zu bringen, ihre Töpfe entzwei zu schlagen.

»Wollt Ihr es sehen?« fragte er.

Aber seine Tischgenossen verzichteten auf dieses Schauspiel. Sie glaubten ihm, baten ihn aber, ihnen die Kunst zu verraten.

Der Erzbischof sprach: »Wenn jeder von Euch bereit ist, mir einen fetten Ochsen für meine Küche zu geben, so will ich Euch die Kunst verraten!«

Nichts war einfacher als das.

Die Herren der Erzdiözese, alles wohlbestallte Männer, opferten jeder einen Ochsen. Und jeder Ochse war vier Gulden Wert, so daß der Erzbischof mehr als das Doppelte seiner Wettschulden, die er Eulenspiegel gezahlt hatte, wieder bekam.

Dann aber verriet der Erzbischof seinen Herren das Geheimnis der Kunst, die Töpfersfrau zu veranlassen, ihre Töpfe entzwei zu schlagen.

Die Herren machten betretene Gesichter. Einige von ihnen wurden böse, natürlich nur im Stillen, denn der Erzbischof war im allgemeinen ein gnädiger Herr. Andere nahmen es als gegeben, daß sie hinters Licht geführt worden waren. Wer so dumm ist, der gehört bestraft, meinten sie und redeten nicht weiter darüber.

Als Eulenspiegel wieder nach Bremen kam, erhielt er vom Erzbischof einen fetten Ochsen.

Der Meerweizen bei Harlingen

Bremer Schiffer, die von Bremen nach Amsterdam segelten, kamen in Höhe von Harlingen an einer Stelle vorbei, wo sie goldgelben Weizen aus dem Wasser hervor wachsen sahen - es waren Ähren ohne Körner.

Bei ihrer Landung in Amsterdam hörten sie die Geschichte einer reichen Kaufmannswitwe, die einen ihrer Kapitäne mit dem Schiff nach Rußland geschickt hatte, um dort Roggen zu kaufen.

Es gab zu jener Zeit aber keinen Roggen in Rußland, und der Kapitän ließ das Schiff mit Weizen beladen, um nicht mit leerem Schiff nach Hause segeln zu müssen.

Er kehrte nach Amsterdam zurück und berichtete der Kaufmannswitwe, wie es ihm ergangen sei und daß er Weizen geladen habe, weil es keinen Roggen gab.

Die Frau aber war darüber so aufgebracht, daß sie dem Kapitän befahl, die Ladung in die Nordsee zu kippen.

Der Kapitän war entsetzt und gab zu bedenken, daß sie den Weizen, wenn sie ihn schon nicht haben wolle, bedürftigen Menschen schenken könne.

Die Frau lachte nur und gebot ihm, ihren Befehl auszuführen. Sie sagte, sie sei reich genug und könne ebenso wenig arm werden, als der Weizen auf dem Meeresboden wachsen werde.

Achselzuckend verließ der Kapitän die Frau.

Der Weizen wurde bei Harlingen versenkt. Doch was niemand erwartet hatte, am allerwenigsten die

Kaufmannswitwe, der Weizen wuchs auf dem Meeresboden und ragte übers Jahr aus dem Wasserspiegel hervor.

Es dauerte nicht lange, da ging die einst so reiche Kaufmannswitwe mit dem Bettelsack durch die Straßen der Stadt und durchsuchte den aus den Häusern geworfenen Kehricht nach etwas Eßbarem.

Einige Bremer Schiffer haben sie mit eigenen Augen gesehen.

Steuermann als Schiffer

Ein zweimastiges Bremer Schiff lag einmal in der Türkei vor Anker und hatte unter anderem Spezereien geladen. Es sollte am nächsten Morgen ablegen und nach Bremen zurückkehren.

Doch der Steuermann wollte nicht mit. Er erklärte dem Schiffer, daß er abmustern wolle, denn im Schiff spuke es.

»Dummes Zeug«, sagte der Schiffer, »überleg' es dir noch einmal, Steuermann. Morgen früh sieht die Welt schon wieder anders aus.«

Es war gegen Abend, und der Schiffer ging an Land, um noch etwas Geschäftliches zu erledigen.

Der Steuermann aber legte sich in seine Koje, und es war wie immer, wenn die Nacht hereinbrach. Es spukte.

Er hörte Stimmen und allerlei Geräusche, die nicht zum Schiff gehörten. Und er fürchtete sich.

Plötzlich aber kamen drei Frauen an Bord, und die eine sprach zu den anderen: »Es ist doch ein Jammer, daß dieses schöne Schiff untergehen wird.«

Daraufhin sagte die zweite: »Es muß ja nicht sein. Immerhin gebe es einen guten Rat. Es werden drei Sturzseen kommen, und in jede müssen die Seeleute einen Hieb tun, in die eine mit einer Axt, in die zweite mit einer Säge, in die dritte mit einer Queraxt.«

Die dritte aber lachte, und sie fragte: »Wer an Bord weiß das schon?« Und sie gab selbst die Antwort: »Niemand!« Und sie lachte noch einmal.

Der Steuermann aber hatte alles gehört. Und als nun der Schiffer wieder an Bord kam und den Steuermann fragte, ob er nicht doch an Bord bleiben wolle, sagte der: »Schiffer, paß auf! Ich bin bereit an Bord zu bleiben. Doch nur unter einer Bedingung.«

»Ehe ich weiß, um was es geht, sage ich dir: Gewährt!« Der Schiffer freute sich, denn er wollte den guten Steuermann unter keinen Umständen verlieren.

»Nun denn«, sagte der Steuermann. »Ich möchte auf der Rückreise nach Bremen Schiffer sein, und alles was ich anordne, muß die Mannschaft ausführen, auch dann, wenn es scheint, ich sei nicht recht bei Troste.«

Der Schiffer machte ein bedenkliches Gesicht. Aber er hatte sein Wort gegeben, und der Steuermann übernahm wie vereinbart das Kommando über das Schiff.

Am Morgen stach das Schiff in See, und sie waren bei gutem Wetter ein Stück gesegelt, da kamen schwarze Wolken auf und eine mächtige Sturzsee kam heran, und der Steuermann rief der Mannschaft zu: »Axt bei der Hand!«

Die See schlug über das Schiff, und der Steuermann befahl: »Schlagt zu!«

Die Männer schlugen in die Sturzsee, und das Deck war voller Blut.

Eine zweite See näherte sich dem Schiff, und als sie das Schiff zu verschlingen drohte, sägten die Matrosen das Wasser. Und wieder war das Deck voller Blut.

Bald darauf kam eine dritte Sturzsee, die mit der Queraxt bearbeitet wurde. Und wieder Blut!

Nach der dritten See verzogen sich die Wolken. Die Sonne schien, und das Schiff kehrte wohlbehalten nach Bremen zurück.

Doch als sie dort an Land gingen, sahen sie die Frau des Schiffers und ihre beiden Schwestern krank und lahm am Ufer der Schlachte liegen.

Daraufhin erzählte der Steuermann seine Geschichte, und es stellte sich heraus, daß die Frau des Schiffers und ihre Schwestern Hexen waren. Der Schiffer ließ sich daraufhin scheiden, und den Frauen wurde der Prozess gemacht. Der Steuermann aber erhielt eine hohe Belohnung.

Der Klabautermann

Der Klabautermann, dessen Poltern und Klopfen zum ersten Male zu Beginn des 19. Jahrhunderts auf einigen Segelschiffen gehört oder als solches identifiziert wurde, trägt seinen Namen von klabastern.

Der Klabautermann ist auf norddeutschen und niederländischen Schiffen zu Hause. Er ist ein kleiner Schiffskobold, der Matrosenkleidung sowie einen Südwester trägt und einen hölzernen Hammer führt, mit dem er überall wie der Kalfater herumklopft. Im übrigen ist er für die Menschen normalerweise unsichtbar.

Die Frage, ob es den Klabautermann gibt oder nicht, ist müßig. Zumindest soll es ihn auf den Segelschiffen gegeben haben, wovon jedenfalls alte Seeleute fest überzeugt sind.

Klabautermann als Lebensretter

Ein alter Dampfer-Kapitän erzählte mir eine Geschichte, die ihm während seiner Segelschiffszeit passiert ist. Es war in der Zeit lange vor dem Zweiten Weltkrieg - er war damals Matrose und lag mit seinem Schiff in Bremen. Doch jede Nacht wurde er von unerklärlichem Poltern geweckt, und eine Stimme sagte ihm: »Geh von Bord! Geh von Bord!«

Zunächst nahm er das als aufgeklärter Mensch nicht weiter zur Kenntnis. Doch nach etlichen Nächten und an dem Tag, als das Schiff auslaufen sollte, wandte er sich an den Bootsmann und sagte: »Bootsmann, ich muß von Bord. Ich habe ein schlechtes Gefühl!«

»Mit Gefühlen soll man vorsichtig sein«, meinte der Bootsmann, »außerdem, mein Junge, wirst Du an Bord gebraucht. Geh an deine Arbeit, dann vergißt du deine schlechten Gefühle. In einer Stunde laufen wir aus.«

Dem jungen Mann blieb nichts anderes übrig. Er ging an seine Arbeit. Das Schiff lief aus, kam aber nur bis Vegesack.

Da legte sich dicker Nebel über die Weser, und der Kapitän lief den Hafen von Vegesack an, um auf besseres Wetter zu warten.

In der Nacht darauf hatte unser Matrose Wache. Er blickte in den Nebel, und plötzlich sah er einen sehr kleinen Matrosen mit Südwester im Mast sitzen. Dieser gab ihm Zeichen, mit denen der Wachhabende zunächst nichts anfangen konnte.

Die Gestalt verschwand, und der Matrose fing an zu grübeln.

Am nächsten Morgen sprach er den Bootsmann wieder an und verlangte seine Papiere.

»Ich muß gehen«, sagte er, »dieses Schiff wird mir kein Glück bringen.«

Der Bootsmann aber stellte sich stur. Doch am Ende, kurz vor dem Auslaufen des Schiffes, ging der Matrose von Bord. Ohne Seesack, ohne Papiere.

Das Schiff verließ ohne ihn Vegesack und nahm Kurs England.

Doch ist es dort nie angekommen.

Der alte Kapitän war später fest davon überzeugt, daß der Klabautermann ihm das Leben gerettet hatte.

Geheimnisvolles Kommando

Der Klabautermann ist, nach Ansicht alter Seeleute, die Seele eines auf See gebliebenen Seemannes. Er hilft seinen einstigen Kameraden, wenn es not tut, und manchmal hält er sie auch zum Narren.

Er sitzt meistens im Mast oder auf den Rahen und paßt auf, daß die Matrosen nicht faulenzen.

Ein Seemann erzählte, einmal sei auf See wunderschönes Wetter gewesen und die Matrosen saßen in der Sonne oder erledigten leichte Arbeiten in der Takelage.

Plötzlich riß ein Tau ohne ersichtlichen Grund. Aufgeschreckt liefen alle Mann durcheinander, um die Ursache des Fehlers zu finden. Und weil sie nichts finden konnten, wußten sie, daß ihnen der Klabautermann einen Streich gespielt hatte.

Doch er denkt nicht nur an Streiche.

Bei schwerem Wetter steht er oben im Mast und gibt acht, daß das Rechte geschieht.

Einmal befand sich ein Schiff in schwerer See, so daß die Seeleute bedenkliche Gesichter machten.

Da ertönte das Kommando, ein Segel wegzunehmen. Die Matrosen gehorchten - zu ihrem und des Schiffes Glück.

Doch hinterher stellte sich heraus, daß weder der Steuermann noch der Kapitän das Kommando gegeben hatte.

Der Klabautermann liebt gutes Essen

Wenn der Klabautermann ein Schiff verläßt, dann sieht es schlecht aus, denn dann ist das Schiff dem Untergang geweiht. Oder es ist ein Verbrecher unter der Besatzung.

Es gibt aber auch Seeleute, die mögen den Klabautermann nicht leiden. Dann ist es ganz einfach, ihn loszuwerden.

Zum Beispiel liebt der Klabautermann ein gutes Essen. Wenn ihm das vorenthalten wird, verläßt er das Schiff.

Auch läßt er sich nicht gern zum Narren halten.

Einmal legten ihm Matrosen, die sich durch sein Poltern gestört fühlten, ein Röckchen hin und Mädchenschuhe. Da war er so vergrellt, daß er das Schiff sofort verließ.

Im übrigen aber ist der Klabautermann ein Freund der Seeleute. Und die Seeleute wissen das

Poltern in der Kammer

Von einer Kapitänsfrau wird berichtet, daß sie von ihrem Mann und seinem Schiff lange nichts gehört hatte, so daß sie sich ernstlich Sorgen zu machen begann.

Eines Nachts aber hörte sie in ihrer Kammer ein ungewöhnliches Poltern. Da wußte sie, ohne eine Nachricht erhalten zu haben, daß das Schiff Ihres Mannes Kurs auf den Heimathafen genommen hatte. Der Klabautermann hatte es ihr auf seine Art mitgeteilt.

Wenige Tage später konnte sie ihren Mann in die Arme schließen.

Die mitternächtliche Biene

Ein junger Schneider aus der Altstadt hatte eine Braut, die in der Grünen Straße diente. Die Herrschaft war sehr großzügig und so wurde dem jungen Schneider erlaubt, das Mädchen sonntags abends für ein Stündchen zu besuchen.

Einmal war die Herrschaft nicht zu Hause, und nun nahmen es die Liebenden mit der Zeit nicht so genau, zumal sie allerlei zu besprechen hatten, denn es sollte bald Hochzeit sein.

Plötzlich aber schaute das Mädchen auf die Uhr und schrie: »Um Gotteswillen, Heinrich, du mußt eilen, daß du nach Hause kommst. Der Meister schließt die Tür zu.«

Der junge Mann aber ließ sich Zeit, so daß das Mädchen immer ängstlicher wurde und immer dringender bat, er solle so schnell wie möglich nach Hause gehen. Ja, sie versuchte sogar, den jungen Mann mit Gewalt vor die Haustür zu schieben.

In diesem Augenblick schlug die Uhr elf.

Das Mädchen sank ohnmächtig zu Boden.

Erschrocken sprang ihr der Bräutigam zu Hilfe und er brachte sie in die Stube. Doch alle Bemühungen, sie ins Leben zurückzurufen waren vergeblich, obwohl das Mädchen mit roten Wangen am Boden lag. Doch es schien kein Leben in ihr zu sein. Sie lag mit offenem Mund und starren Augen.

Da hörte der junge Mann mit einem Male ein Summen.

Eine Biene flog durch das offene Fenster auf das Mädchen zu.

Der junge Mann versuchte alles mögliche, um das Tier aus der Nähe der Geliebten zu vertreiben. Ja, er versuchte sogar, die Biene totzuschlagen.

Doch das Tier sauste wie wild um die Köpfe der jungen Leute in immer engeren und schnelleren Kreisen herum, und das Summen wurde lauter und lauter.

Da schlug die Uhr zwölf.

Der junge Schneider machte eine etwas ungeschickte Bewegung, und die Biene flog dem Mädchen in den Mund.

In diesem Augenblick aber seufzte das Mädchen tief auf, schaute erstaunt umher, wie jemand der aus einem tiefem Schlaf erwacht. Sie sah ihren Geliebten und - stieß einen lauten Schrei aus.

Da nahm der junge Schneider eilig seinen Hut, um niemals wieder zurückzukehren. Denn er wußte nun, woran er war.

Die Butter stehlende Zauberin

Zwei Bauernmädchen befanden sich auf dem Wege nach Bremen. Als sie durch Oslebshausen kamen, sahen sie eine Frau, die vor ihrem Hause stand und butterte.

»Komm mit«, sagte das eine der beiden Bauernmädchen zu dem anderen. »Wir wollen ihr die Butter wegnehmen!«

Das andere Mädchen lachte, denn sie nahm die Worte der Freundin nicht ernst. Trotzdem folgte sie ihr. Die beiden Mädchen gingen vom Wege ab, bis sie das Weserufer erreichten.

Dort aber zog die Anführerin ein weißes Stäbchen aus der Tasche, schlug damit viermal aufs Wasser, worauf sie vier Pfund Butter aus dem Wasser herausnahm. Sie legte die Butter in ihren Korb und sagte: »Die werden wir auf dem Markt in Bremen verkaufen.«

Gegen Abend rüsteten sie sich für den Heimweg, doch das eine Mädchen, das sich vor der Zauberin fürchtete, blieb unter einem Vorwand zurück. Sie ging allein und kam auch wieder durch Oslebshausen, wo die Butterfrau immer noch am Buttern war und sich wunderte, daß sie nichts als Schaum hervorbrachte.

Das Mädchen trat voller Mitleid zur ihr und sagte, sie solle sich weiter keine Mühe geben, denn die Butter sei aus dem Faß herausgezaubert worden.

Die Frau wurde daraufhin böse und machte dem Mädchen schwere Vorwürfe. Sie glaubte, das Mädchen habe ihr die Butter aus dem Faß gezaubert.

Aber das Mädchen wehrte sich gegen diesen Verdacht, sie besänftigte die Frau und offenbarte ihr, was ihr ihre Freundin als guten Rat verraten hatte. Sie sagte zu der Frau: »Wenn Ihr in Zukunft buttern wollt, legt ein altes Hufeisen unter das Faß, dann kann kein Zauber der Butter etwas anhaben.«

Seit dieser Zeit hatten sie in Oslebshausen immer frische Butter.

Die sieben Faulen

Die Bremer Böttcherstraße ist nicht nur eine Geschäftstraße, eine Straße der Kunst und der Restaurants. Sie ist auch eine Straße der Sagen und Märchen. Die Bremer Henne mit ihren Küken, denen Bremen der Sage nach seine Existenz verdankt, sitzt am Haus des Glockenspiels. Die Moorhexe schaut von der Fassade des Paula-Becker-Modersohn-Hauses auf die Besucher der Straße herab, während die Bremer Stadtmusikanten auf einem Brunnenrohr im Handwerkerhof auf das Bremer Rathaus zuwandern.

Der Brunnen mit dem Brunnenrohr heißt »Sieben-Faulen-Brunnen«. Außerdem gibt es das Haus der Sieben Faulen in der Böttcherstraße. Brunnen und Haus erinnern an die Sage von den Sieben Faulen, die wir dem Schriftsteller Friedrich Wagenfeld verdanken, der in der ersten Hälfte des 19. Jahrhunderts lebte. Für Ludwig Roselius, den Kaffeekaufmann und Schöpfer der Böttcherstraße, waren die Sieben Faulen ein Vorbild.

Wir wollen die Geschichte Wagenfelds ein bißchen verändert, aber im Grunde doch im vollen Wortlaut wiedergeben.

Vor vielen hundert Jahren wohnte in Bremen ein Bauer mit seiner Frau in einem alten schiefen Bauernhaus. Sie lebten mehr schlecht als recht tagein, tagaus unter ihrem Strohdach und quälten sich redlich. Denn sie hatten sieben Kinder, lauter Jungen, die alle gern und gut essen und trinken mochten.

Aber was für Prachtjungen waren es auch! Alle sieben mit klaren Augen, mit roten Wangen und strammen Beinen. Es war ein Vergnügen sie anzusehen.

Dicht hinter dem Kohlgarten des Vaters floß die Weser dahin, ihr Ufer war der schönste Spielplatz für die sieben. Des Morgens früh, wenn sie aufgestanden waren und reichlich gefrühstückt hatten, machten sie sich auf und sahen zu, ob das Wasser im Strome auch in der vergangenen Nacht gestiegen oder gefallen war. Sie schleppten sich aus des Vaters Holzschuppen alte Bretter an die Weser, zimmerten Brücken und schaufelten in dem weißen Sand. Sie bauten Häuser, gruben Gräben und Teiche, fingen sich Stickelstangen und wußten jeden Tag etwas Neues und Schönes zu spielen.

Vater und Mutter freuten sich darüber, daß ihre Jungen so frisch und gesund waren, und sie dachten: Laß sie nur! Wenn sie erst groß sind, werden sie schon von selbst aufhören zu spielen und statt dessen tüchtig in der Wirtschaft mithelfen.

Nun, als der Älteste konfirmiert worden war und lange Hosen bekommen hatte, wollte er auch nicht mehr mit den anderen zum Spielen an die Weser gehen. Er wollte in der Wirtschaft der Eltern mithelfen.

Aber merkwürdig – er bereitete seinen Eltern nur Scherereien. Er wollte alles anders und besser machen als diese. Und das ließen die sich nicht gefallen. Als er mit der Karre den Mist statt auf den alten Haufen hinter dem Hause gleich nach den Beeten fuhr, wo er untergegraben werden sollte, sagte der Vater zu ihm: »Nein, Geerd, das geht nicht, der Mist soll hinterm Hause bleiben! Fahr ihn wieder zurück zum großen Haufen!«

»Aber Vater«, sagte Geerd, »hier liegt er doch besser. Außerdem bringst du ihn in ein paar Tagen ja doch hierher, und der frische Mist so dicht hinterm Haus ist nicht angenehm für unsere Nasen!«

»Stell dich nicht so an«, sagte der Vater. »Und wenn ich ihn zu den Beeten karre ist es noch früh genug. Bringe ihn wieder auf den Haufen! Da hat er immer gelegen, und da soll er auch in diesem Jahr wieder liegen!«

So ging's in allen Sachen.

Wenn dem Geerd das, was er tun sollte, auch noch so töricht erschien, der Vater sagte jedesmal: »So hab' ich es immer gemacht und hab's so von meinem Vater gelernt und der wieder von meinem Großvater, und so sollst du es auch von mir lernen!«

Fast den größten Teil des Jahres standen der Garten und die Felder unter Wasser. Denn der Boden lag tief, und wenn die Weser nur ein paar Eimer Wasser mehr führte, gleich lief sie über die Ufer. Im Frühjahr aber, wenn Hochwasser war, lief das Wasser gar bis ins Haus hinein, und es gab eine starke Überschwemmung. Dann wohnte die ganze Familie auf dem Dachboden, und auch das Vieh wurde mit vieler Mühe hinaufgebracht. Das waren böse Zeiten.

Wenn dann die Mutter eine Mahlzeit Kohl kochen wollte, hatte sie wohl die Pinkel, die im Rauchfang hingen, gleich zur Hand, aber die Hauptsache, der Kohl, fehlte ihr. Dann mußte der Vater erst seine hohen Wasserstiefel anziehen und durch den überschwemmten Garten waten, um den Kohl zu holen. Manchmal erkältete er sich bis auf den Tod, dann lag er hinterher ein paar Tage im Bett und konnte keinen Arm bewegen vor Schmerzen, denn er litt an Rheumatismus.

Da sagte Geerd: »Weißt du, Vater, wir sollten doch, wenn Hochwasser kommt, unser Boot von der Weser holen und ans Haus legen, dann kannst du mit dem Schiff durch den überschwemmten Garten staken und den Kohl holen, ohne daß du ins Wasser steigst und dich erkältest.«

Doch der Vater antwortete: »Das fehlte noch, daß wir um einen Arm voll Kohl uns solche Umstände machen! Nein, ich kann das bißchen Kohl leicht auf die alte Art holen. Wenn nur meine Stiefel dicht gewesen wären, hätte ich mich auch nicht erkältet.«

Da schwieg Geerd still und sagte nichts mehr.

Als einst, in den Hundstagen, alle Gräben ausgetrocknet waren und das Vieh auf der Weide verdursten wollte, da mußten die Eltern mit den sieben Jungen einen Eimer Wasser nach dem anderen von der Weser holen - und der Weg zur Weide war weit, kein Baum gab unterwegs Schatten.

Da sagte Geerd am Abend, als alle um den Tisch herum saßen und sich die letzten Schweißtropfen trockneten: »Weißt du, Vater, wir sind doch heute dumm gewesen! Wir hätten ja die Kühe von der Weide an die Weser treiben können, da hätten sie sich satt getrunken, und dann hätten wir sie wieder zurückgetrieben.«

Da sahen Vater und Mutter ihren Ältesten verwundert an, und die Mutter sprach: »Geerd, Geerd, wie kannst du nur so dumm daherreden! Meinst du denn, das Vieh trinkt, wenn du es willst? Das trinkt, wenn es gerade Lust zum Trinken hat. Du hättest es den ganzen Tag hin- und immer wieder hintreiben können, und es hätte doch noch gebrüllt vor Durst. – Nein, überhaupt, war denn das eine schwere Arbeit heute? Das bißchen Wasserschleppen! Das haben Vater und ich schon seit zwanzig Jahren jeden Sommer gemacht, und es hat uns nichts geschadet. Wenn's auch ein bißchen Schweiß gekostet hat. Aber der trocknet schon wieder!«

Ja, der Geerd! Der war ganz anders als die Eltern. Er meinte es gut, wollte überall mithelfen und es besser machen. Er wollte, daß seinen Eltern und auch ihm die Arbeit leichter von der Hand ginge. Aber von solchen Verbesserungen wollten die Eltern nichts wissen. Es sollte alles beim alten bleiben.

So kam es denn, daß Geerd bald keine Lust mehr hatte, dem Vater zur Hand zu gehen, und nur noch verdrossen und widerwillig arbeitete, so wie der Vater es haben wollte. Und wie der Älteste dachten und handelten alle sieben.

Da glaubte der Vater, er habe sieben rechte Faulpelze im Hause, die nur darauf aus waren, alles leichter zu machen, weil sie überhaupt keine Lust zu einer rechtschaffenen Arbeit hatten. Es fiel ihm aber auch nicht ein, sich über solche Faulheit zu ärgern. Lieber machte er wieder alles allein.

Mit der Zeit waren alle sieben herangewachsen, aber keiner mochte zu Hause mit zupacken. Sie setzten ihr altes Leben fort, lagen stundenlang an der Weser, sahen den Fischern und Schiffern zu und hielten mit diesem und jenem einen Schnack.

Meistens unterhielten sie sich untereinander darüber, wie sie alles besser, bequemer und schneller einrichten wollten, wenn der Vater es ihnen nur erlaubte.

So ging die Zeit dahin. Wie sie aber im Unmut ihre Tage an der Weser zubrachten und die Eltern sich allein plagen ließen, wurden die sieben von allen Nachbarn und Freunden die sieben Faulen genannt.

Als sie eines Tages wieder an der Weser lagen und nichts zu tun wußten, sagte Geerd plötzlich zu seinen Brüdern: »Nein, ich halte es hier nicht mehr aus. Ich will hinaus in die Fremde und zusehen, ob's anderwärts ebenso hergeht wie bei uns zu Hause oder ob's im fremden Lande gescheitere Leute gibt. Und nicht eher komme ich zurück, als bis ich was Ordentliches gelernt und geleistet habe.«

Da blickten ihn die anderen mit fröhlichen Augen an, und einer nach dem anderen drückte ihm die Hand und sagte: »Ich gehe mit dir. Die Fremde zu sehen ist schon lange mein innigster Wunsch gewesen.«

Alle sieben wollten sie fort.

Sie beschlossen, miteinander hinauszuwandern in die schöne weite Welt und zu lernen, wie bei fremden Leuten Feld und Wiese bestellt und die Kühe gemolken würden.

»Und dann, wenn wir wissen, wie anderswo Haus und Hof gehalten werden, dann kommen wir wieder und werden daheim zeigen, was die sieben Faulen für gescheite Leute sind.«

Also sprach Geerd, und die andern drängten sich an ihn und sagten: »Gewiß, so soll es sein!«

Alle sieben gaben einander die Hand darauf. Am nächsten Morgen wollten sie in aller Frühe zusammen der Vaterstadt den Rücken kehren.

Als sie nun am Abend nach Hause gekommen waren, stellte die Mutter die große Schlüssel mit dikker Milch wie immer auf den Tisch. Als alle herangerückt waren und es sich schmecken ließen, da begann der Älteste dem Vater und der Mutter von ihrem gemeinsamen Plan zu erzählen.

Der Vater sperrte die Augen auf und guckte ungläubig. Die Mutter sah kopfschüttelnd ihre sieben Jungen der Reihe nach an, seufzte und sprach: »Du lieber Gott, wie wird es euch in der Fremde ergehen, und wer nimmt denn auch schon die sieben Faulen in den Dienst?«

Am andern Morgen, ehe der erste Sonnenstrahl den Dachfirst vergoldet hatte, weckte einer den anderen, und dann wanderten sie von zu Haus fort.

Vater und Mutter sahen ihnen nach und dachten: »Die werden bald wiederkommen!«

Die Nachbarn standen hinter ihren Holunderbüschen und Dornenhecken. Sie nickten einander zu und sagten heimlich: »Die sieben werden sich wundern. Was anderes als Arbeit finden sie da draußen auch nicht, und die hätten sie zu Hause geradeso haben können. Freilich, nach Arbeit sehnen sie sich wohl nicht. Sie schämen sich hier ihrer Faulheit, darum gehen sie in die weite Welt, um sich dort zu verstecken.«

Am Abend schaute die Mutter nach ihnen aus. Doch sie kehrten nicht zurück.

Und auch an den folgenden Tagen blieben sie aus.

Der Sommer ging langsam dahin, dann kam der Winter. Aber die sieben ließen nichts von sich hören.

»Die sind längst verhungert«, sagte ein Nachbar.

»Oder sie sind gestorben!«, fügte ein zweiter hinzu und zog ein mitleidiges Gesicht.

»Oder sie sind verdorben!«, meinte ein anderer, und es schien ihm ganz recht zu sein.

Die Mutter unterdrückte gar oftmals heimlich eine Träne und dachte mit viel Sorge an ihre Jungen.

Nach dem Winter brachten die Schwalben wieder einen Sommer und nahmen ihn dann wieder mit sich fort. Und auch im zweiten Winter kam keine Kunde von den sieben in die Heimat.

Die Jahre gingen dahin. Die Eltern wurden grau und grauer, krumm und krummer.

Da marschierten eines Tages sieben sonnengebräunte Gesellen mit strammen Schritten in hohen Wasserstiefeln durch die Straßen. Ein jeder trug einen Spaten auf der Schulter und hatte einen dicken Rucksack umgehängt. Keiner erkannte sie, bis sie nacheinander in ihr Elternhaus marschierten.

Die Nachbarsleute, die das mit angesehen hatten, ließen ihre Arbeit sein und liefen, wie sie gingen und standen, nach allen Seiten und erzählten jedem: »Die sieben Faulen sind wieder da!«

Drinnen aber bei den zwei alten Leuten floß manche Freudenträne. Da saßen wie früher die sieben Jungen, die richtige Männer geworden waren, um den Tisch herum und erzählten und erzählten, daß die Eltern Mund und Ohren aufsperrten.

Ja, in den nächsten Tagen merkte man es doch, daß etwas anders geworden war unter dem windschiefen Strohdach. Die sieben begannen nämlich mitten auf dem Hofe eine tiefe Grube zu graben. Immer tiefer und tiefer wurde sie, und mit Leitern stiegen sie hinein und trugen Kalk und Steine herbei und mauerten die Grube aus.

»Was wollen die denn machen?«, fragten die Leute verwundert. »Da ist wohl gar in der Erde ein Schatz vergraben, den sie suchen wollen. Oder haben sie in der Fremde so viele Goldstücke gespart, daß sie damit nicht zu bleiben wissen und sie nun hier eingraben wollen?«

Doch siehe da! Eines Tages waren sie mit ihrer Arbeit fertig, und ein kurzer runder Schornstein, halbmannshoch, ragte aus der Erde, und darüber hing an einem langen Haken ein schwerer Eimer.

Nun brauchte die Mutter nicht mehr jeden Tag an die Weser zum Wasserholen zu gehen. Die sieben hatten ihr einen bequemen Brunnen gegraben. Man brauchte nur den Eimer hinabzulassen und gefüllt wieder herauf zu ziehen.

»Na, da haben wir's ja!«, sagten die Leute zueinander. »Sie sind noch gerade so faul wie früher. Damit sie nicht wieder Wasser zu schleppen brauchen, wenn die Suppe gekocht werden soll und das Vieh dürstet, haben sie sich einen Brunnen gegraben. Nein, solche Faulpelze!«

Doch sie gaben ihren guten Freunden und Nachbarn noch mehr Beweise ihrer Faulheit.

Eines Tages begannen sie Lehm und Sand mit Schubkarren von der Weser heranzufahren.

»Was soll das denn nun schon wieder werden?«, fragten alle, die es sahen.

Um den Garten und um die Felder herum warfen sie einen mächtigen Damm auf. Der wurde haushoch mit Sand und Erde beschüttet und mit Rasenstücken belegt. Als im Frühjahr das Hochwasser kam und alle Welt durch das überschwemmte Land nicht aus dem Hause konnte, da gingen die sieben gemütlich in ihrem Garten und auf dem Felde umher und begannen vier Wochen früher als andere Leute zu säen und zu pflanzen. Als der Sommer kam, hatten sie schon das junge Gemüse auf dem Tisch, während andere Leute noch ihre harten Salzbohnen und den eingemachten Sauerkohl vom vorigen Jahr verspeisen mußten.

Die Leute aber hatten auch in dem Deichbau nur wieder die Faulheit der sieben gesehen. Sie lachten über die zarten Jungen, die bange waren vor dem bißchen Wasser.

Als der Deich in Ordnung war, begannen sie im Spätherbst noch ein Dutzend Lindenbäume vor dem Hause anzupflanzen.

Ein Schneider war der erste, der dies Rätsel löste. »Ja, wißt ihr«, sagte er zu seinen Freunden und wollte sich ausschütten vor Lachen, »die sieben sind zu bequem, daß sie nicht einmal Lust haben, am Sonntag ein paar Stunden weit zum nächsten Wald spazierenzugehen, darum pflanzen sie sich einen Wald vors Haus!« Er schüttelte den Kopf und fragte: »Sollte man's glauben?«

Und die anderen lachten mit.

Dann begannen die sieben, ein Haus zu bauen, ein großes, schönes Bauernhaus, in dem alles so nett, sauber und so überaus bequem war, daß alle, die das Haus besichtigt hatten, deutlich die Faulheit der Brüder erkennen konnten.

Als das Haus fertig war, feierte der Älteste der sieben Faulen Hochzeit. Danach wurde weiter gebaut, und dann hielt der zweite Hochzeit und darauf der dritte, und so weiter, bis alle sieben Brüder in sieben neuen Häusern wohnten - eines so schön und bequem wie das andere. Die Häuser standen alle in einer Reihe, hinter jedem war ein großer Garten, dahinter lagen die Felder - alles war gut und fest eingedeicht, noch dazu nett anzusehen.

»Man sollte es doch nicht für möglich halten!« sagten die Leute, als sie alles in Augenschein genommen hatten. »Sie sind die Faulen und sie bleiben die Faulen.«

Dann begannen sie, die Straße vor ihren Häusern mit Steinen zu pflastern, auch aus Faulheit, versteht sich. Sie hatten wohl keine Lust, einen im tiefen Sand steckengebliebenen Wagen wieder flott zu machen. Außerdem wollten sie sich bei schlechtem Wetter wohl die Schuhe schonen.

Die sieben blieben bis an ihr Lebensende zusammen und waren stets darauf bedacht, Haus und Hof immer noch bequemer und schöner einzurichten.

»Pure Faulheit!«, sagten die Leute und schüttelten die Köpfe - aber sie machten ihnen alle Verbesserungen nach.

So kam es denn, daß alle, die in Haus und Garten etwas neu einrichten mußten, erst heimlich zu den sieben Brüdern gingen und zusahen, wie die es gemacht hatten. Danach richteten sie es bei sich auch so ein.

Die Straße aber, worin die sieben Faulen gewohnt haben, ist noch heute in der Stadt Bremen zu sehen. Sie heißt noch heute Faulenstraße.

Alte Jungfern putzten den »Knopf« des Turmes der Ansgarii-Kirche

Manchmal, in mondhellen Nächten, sah man drei alte Jungfern auf dem Turm der Ansgarii-Kirche sitzen, die fleißig damit beschäftigt waren, den »Knopf«, wie man in Bremen die Spitze des Turmes nannte, zu putzen.

Wann man sie zuerst gesehen hat, das ist unbekannt. Aber der letzte, der sie bei ihrer Arbeit beobachtet hat, soll ein älterer Herr gewesen sein. Es war während des Zweiten Weltkrieges. Und es heißt, der ältere Herr habe einen etwas verwirrten Eindruck gemacht.

Die Ansgarii-Kirche, die dem heiligen Ansgar, dem Apostel des Nordens, geweiht war, wurde in Bremen »Sunt Scharjes« genannt.

Leven Froen - de Raad,
Sunt Scharjes - de Staat,
Sunt Steffen - de Eerbarkeit,
Sunt Marten - wo de Wind daer weit.

»Sunt Scharjes« ist als einzige der großen Altstadt-Kirchen in den Bombennächten des Krieges zerstört worden. Damit verschwand für immer ein Wahrzeichen der Stadt. Und auch die drei alten Jungfern wurden nicht mehr gesehen. Aber sie leben fort in einem Brauch.

Denn die drei alten Jungfern saßen nicht aus reinem Übermut oder grenzenloser Putzsucht dort oben auf dem Kirchturm. Sie mußten es tun, denn sie waren - was in alten Zeiten als unverzeihlich galt - dreißig Jahre alt geworden, unvermählt und, was das schlimmste war, kinderlos geblieben. Aus diesem Grunde wurden sie nicht nur verspottet. Sie wurden nach ihrem Tode an einen unbequemen Ort verbannt, wo sie - ihrer sinnlosen Lebensführung entsprechend - völlig überflüssige Arbeiten verrichten mußten.

Die Bremer sagten: »De mutten up'n Scharstorm steigen un den Knoop putzen.« Und in feinsinniger Umschreibung pflegten sie Mutmaßungen über das Alter offensichtlich nicht mehr ganz jugendfrischer Mädchen so zu äußern: »De kann wol all den Knoop putzen!«

Daraus hat sich nun der heute gern geübte Brauch entwickelt, daß junge Damen, die das 30. Lebensjahr überschritten haben, die Klinken der Domportale putzen müssen, weil es »Sunt Scharjes« nicht mehr gibt.

Übrigens wird dieser Brauch in vielen Teilen Europas gepflegt, unter anderem auch in Wien.

Die typisch bremische Variante ist die, daß auch unverheiratete Männer nicht ungeschoren davon kommen. Die Männer im Mittelalter hatten es noch gut. Doch schon im 19. Jahrhundert mußten Bremer Junggesellen, die das 30. Lebensjahr vollendet hatten, ohne verheiratet zu sein, um »Klock twölf middags« in Hemdsärmeln den Domshof fegen. Heute müssen sie - meistens gegen Abend - die Domtreppen fegen, wobei ihre Arbeit von Drehorgelklängen untermalt wird. Erlöst werden sie von dieser unsinnigen Arbeit durch den Kuß einer Jungfrau.

Die drei alten Jungfern auf dem Scharsturm hat kein Mensch geküßt!

Das Schwarze Loch im Bacchuskeller

Im Bacchuskeller des Ratskellers, gleich links neben der Treppe, hat der Kunstmaler Karl Dannemann in den zwanziger Jahren des 20. Jahrhunderts die Sage vom Schwarzen Loch in einer Freske festgehalten. Die grausige Geschichte soll sich am Silvesterabend des Jahres 1561 zugetragen haben.

An diesem Abend saßen in weinseliger Runde mehrere Handwerksmeister beieinander und vergnügten sich, in dem sie würfelten. Die Männer, alle gut situiert, spielten um Geld. Die meisten von ihnen waren dabei vorsichtig. Nur einer, der Zimmermeister Hein Barthold, ein leidenschaftlicher Spieler vor dem Herrn, hatte sich nicht in der Gewalt. Er verspielte in freventlichem Wein-Übermut all sein Geld an die Kumpane. Und schließlich verspielte er sein Leben an die Toten.

Während die anderen Meister, einer nach dem nächsten, den Spieltisch verließen, um für die letzten Stunden des Jahres nach Hause zu gehen, und während in den anderen Kellerräumen ein fröhlicher und ausgelassener Trubel begann, schlug es zwölf.

Die letzte Stunde des alten Jahres ging zu Ende. Das neue Jahr erblickte das Licht der Welt.

In diesem Augenblick geschah in der Ecke, in dem nur noch Hein Barthold saß, etwas Grausiges.

Totengerippe stiegen neben dem Spieltisch aus dem Steinboden, sie nahmen die Würfel - und das Spiel um Leben und Tod begann.

Die Toten wandten sich dem Lebenden zu und sagten: »Beginn das Spiel!«

Hein Barthold, der sich eben noch eine Flasche Rheinwein hatte bringen lassen, war blaß geworden, doch es blieb ihm nichts anderes übrig - er mußte spielen.

Er hob den Becher mit den Würfeln, kippte ihn um und hob ihn hoch.

Er mochte nicht hinsehen.

Die Hände der Toten griffen den Becher und würfelten, würfelten und würfelten. Und als der letzte Wurf getan war, erfüllte höhnendes Lachen den Keller, und einer der Toten sagte zu Hein Barthold: »Dein Leben ist hin, elender Schuft!«

Als der Ratskellermeister am nächsten Morgen den Keller betrat, sah er den Zimmermeister Hein Barthold immer noch am Spieltisch sitzen - mit dem Kopf auf der Tischplatte.

Er rief ihn an und hob den Kopf des Meisters. Er blickte in zwei tote Augen.

Als er den Toten fortschaffen lassen wollte, war niemand bereit, den Leichnam zu holen. Schließlich wandte sich der Ratskellermeister an den Rat, und der befahl, den Toten in seiner Ecke einzumauern - im Schwarzen Loch.

So geschah es.

Aber noch immer soll in der Neujahrsnacht ein seltsames Pochen und Rumoren im Bacchuskeller zu hören sein.

Die Weingeister im Ratskeller

Am 1. Steptember ist im Ratskeller der Stadt Bremen um 23 Uhr Zapfenstreich. Das ist seit altersher so üblich, und das hat auch seinen Grund.

Nun gut, wer um 23 Uhr noch eine Flasche Wein vor sich stehen hat, der darf sie getrost leeren. Doch neue Gäste werden nicht mehr in den Keller hineingelassen, da mögen sie noch so sehr an der Kellertür klopfen.

Denn um Mitternacht beginnt die Zeit der Weingeister, über die uns Wilhelm Hauff in seinen »Phantasien im Bremer Ratskeller« berichtet hat.

Sie lassen sich auch heute noch gelegentlich sehen, wenn wir dem Bericht »Seltsame Nacht« von Christian Marzahn glauben schenken dürfen.

Christian Marzahn war Bremer Universitätsprofessor, und völlig vom Forscherdrang erfüllt, verbrachte er die Nacht des 1. Septembers ganz allein im Ratskeller - aber eben doch nicht ganz allein.

Sein Bericht ist in dem Buch »Genuß und Mäßigkeit« veröffentlicht. Und wenn man einem Universitätsprofessor schon nicht glauben darf, wem dann?

Die wunderbare Kraft des Esels der Bremer Stadtmusikanten

Jeder kennt das Märchen von den Bremer Stadtmusikanten, so daß wir es hier nicht mehr zu erzählen brauchen. Nur an eines soll erinnert werden, daß die Bremer Stadtmusikanten trotz ihres Namens nie nach Bremen gekommen sind. Sie sind in einem Räuberhaus, weit vor der Stadt, »hängengeblieben«, weil sie dort alles hatten, wonach ihnen der Sinn stand.

Dennoch sind die vier Tiere, der Esel, der Hund, die Katze und der Hahn, ein Wahrzeichen von Bremen geworden.

Es gibt in Bremen mehrere Plastiken, die an die Bremer Stadtmusikanten erinnern. Im Handwerkerhof der Böttcherstraße ziehen die vier Tiere, geschaffen von Bernhard Hoetger, auf einer Brunnenröhre, die symbolisch die Weser darstellen soll, auf das Bremer Rathaus zu. Und an der Westfront des Rathauses steht eine Plastik der Bremer Stadtmusikanten von Gerhard Marcks. Mit dieser Plastik hat es eine besondere Bewandtnis.

Eine Schulklasse aus Osnabrück stand Schlange vor diesen Bremer Stadtmusikanten und einer nach dem anderen, Mädchen wie Jungen, umfaßte mit beiden Händen die Vorderbeine des Esels. Einer der Jungen war noch zu klein, um die Eselsbeine mit seinen Händen erreichen zu können, was aber nichts machte. Die hinter ihm stehenden Kinder stemmten ihn kurzerhand hoch.

Ein Bremer, der ein bißchen abseits stand und irritiert das Verhalten der Schülerinnen und Schüler beobachtete, wurde von einer Bremer Fremdenführerin aufgeklärt.

Wer die Vorderbeine des Esels gleich oberhalb der Hufe anfasse, so sagte sie, dürfe sich etwas wünschen.

In vielen Fällen, so sagte die Fremdenführerin, gingen die Wünsche in Erfüllung, es sei denn, sie seien unbescheiden.

Die Frage ist natürlich, was als unbescheiden zu verstehen ist. Ist es unbescheiden, wenn sich ein Zehnjähriger einen Computer wünscht oder einen Fußball, und wenn sich eine Zehnjährige ein Pferd oder eine Kinokarte für einen Film wünscht, der für Jugendliche nicht zugelassen ist.

Es kommt ja bei den Kindern darauf an, ob sie sich mit ihrem Wunsch diesseits der finanziellen Möglichkeiten ihrer Eltern bewegen oder ob die Dame an der Kinokasse nicht so genau hinguckt.

Diese Fragen stellten sich jenem fröhlichen Herrn nicht, der sich der Schulklasse aus Osnabrück anschloß. Er ging auf die Bremer Stadtmusikanten zu und nahm die beiden Vorderbeine des Esels in seine Hände, um sich ebenfalls etwas zu wünschen. Dabei ließ er sich von seiner Frau fotografieren.

Die beiden waren aus Berlin angereist, nicht nur wegen der Stadtmusikanten. Aber es ist doch sehr angenehm, eine Stadt zu besuchen und beiläufig die Chance zu haben, sich etwas zu wünschen, das auch in Erfüllung geht.

Nachdem sich die Berliner, nach einem kleinen Schnack mit dem Bremer, in Richtung Böttcherstraße begeben hatten, juckte es den Bremer, seinerseits die Probe aufs Exempel zu machen.

Warum sollte er sich nicht auch etwas wünschen?

In seiner Bescheidenheit aber und weil es ihm auch ein bißchen peinlich war, die beiden Vorderbeine des Esels zu umfassen, beschränkte er sich darauf, mit seiner rechten Hand nur das rechte Eselsbein zu packen.

Daraufhin kam die Fremdenführerin, die das beobachtet hatte, noch einmal zurück und fragte: »Wissen Sie, was das bedeutet?«

Und als der Bremer den Kopf schüttelte, meinte sie freundlich: »Ein Esel sagt dem anderen ›Guten Tag‹!«

Ein sehr zuverlässiger Freund aus München hat unlängst erzählt, er habe bei einem Besuch in Bremen, kurz vor der Abreise nach München, ebenfalls die Vorderbeine des Esels gepackt und sich etwas gewünscht. Dieser Wunsch sei ihm kurz darauf ganz unerwartet erfüllt worden.

Jetzt, nachdem sich der Wunsch erfüllt hatte, konnte man ja darüber sprechen. Und auf die Frage, was er sich denn gewünscht hatte, antwortete er: »Ich habe mir gewünscht, so schnell wie möglich mal wieder nach Bremen zurückzukommen.«

Und ob Sie's glauben oder nicht: Dieses Gespräch fand im Bremer Ratskeller statt.

Quellen

Dahle, Wendula: Im Land der Moore und Deiche, Ausflüge links und rechts der Weser, Edition Temmen, Bremen, 1998

Dettmer, Helge: Sagen, Märchen und Legenden aus dem Oldenburger Land, Carl Schünemann Verlag, Bremen, 1987

Gutmann, Hermann: Die Böttcherstraße, Johann Heinrich Döll Verlag, 1993

Halenbeck, Lüder: Ausflüge in Bremens weiterer Umgebung 1878, Reprint der Ausgabe Bremen, Kühtmann, 1878/1881, Carl Schünemann Verlag, 1983

Kohl, Johann Georg: Nordwestdeutsche Skizzen, Erster Theil, J. Kühtmann's Buchhandlung, Bremen, 1864

Marzahn, Christian; Schneider, Astrid: Genuß und Mäßigkeit, Edition Temmen, 1995

Meyer, Hanns: Im guten Ratskeller zu Bremen, Verlag H.M. Hauschild, Bremen, 1967

Rimbert: Ansgars Leben, Wissenschaftliche Buchgesellschaft, Darmstadt, 1961

Roder, Franz: Von der Sprache der Seeleute, Verlag Die Brigantine, Hamburg, 1973

Schwarzwälder, Herbert: Berühmte Bremer, Paul List Verlag, München, 1972

Sichtermann, Siegfried H.: Till Eulenspiegel - Vollständige Ausgabe des Textes von Hermann Bote, Insel Verlag, Frankfurt am Mai, 1978

Tardel, Hermann: Bremen im Sprichwort, Reim und Volkslied, Bremer Schlüssel Verlag Hans Kasten, 1947

Thalenhorst, Carl: Bremen - Binnen und Buten, H.M. Hauschild, Bremen, 1955

Wagenfeld, Friedrich: Bremen's Volkssagen, Edition Temmen, Bremen, 1996

Hermann Gutmann in der EDITION TEMMEN:

Bremer Bräuche ISBN 3-86108-156-3	7.90 €
Bremer Geschichte(n) ISBN 3-86108-158-X	8.90 €
Bremer Freimarkt ISBN 3-86108-170-9	8.90 €
Bremerhavener Erinnerungen ISBN 3-86108-166-0	8.90 €
Bremerhavener Geschichte(n) ISBN 3-86108-157-1	7.90 €
Ehe-Geschichten ISBN 3-86108-152-0	8.90 €
Ehegeschichten. Das Hörbuch. Kassette, 62 Minuten. ISBN 3-86108-162-8	9.90 €
Felix, seine liebe Frau Moritz und ... ISBN 3-86108-167-9	8.90 €
Felix und die alltäglichen Dinge ISBN 3-86108-150-4	9.90 €
Geschichten aus dem Radio ISBN 3-86108-159-8	9.90 €
Geschichten aus dem Schnoor ISBN 3-86108-161-X	8.90 €
Hamburg schmunzelt ISBN 3-86108-190-3	9.90 €
Kohl-und-Pinkelgeschichten ISBN 3-86108-175-X	9.90 €

Hat's geschmeckt
ISBN 3-86108-153-9 8.90 €

Mit vollem Munde spricht man nicht
ISBN 3-86108-151-2 8.90 €

Opa-Pflichten
ISBN 3-86108-155-5 8.90 €

Paß' auf, daß du dich nicht bekleckerst
ISBN 3-86108-160-1 8.90 €

Roland mit de spitzen Knee
ISBN 3-86108-154-7 8.90 €

Roland und seine Brüder
ISBN 3-86108-173-3 9.90 €

Sagen und Geschichten aus Bremen-Nord
ISBN 3-86108-164-4 8.90 €

Schmunzelgeschichten
ISBN 3-86108-165-2 8.90 €

Seemannsgeschichten
ISBN 3-86108-172-5 9.90 €

Wenn Ostern und Pfingsten auf einen Tag fallen
ISBN 3-86108-171-7 8.90 €

Worpsweder Geschichte(n)
ISBN 3-86108-169-5 9.90 €

Weihnachtsgeschichten
ISBN 3-86108-168-7 9.90 €

Weitere Titel in Vorbereitung:
Oma-Pflichten
Der Ratskeller zu Bremen

Noch mehr davon?
Bitte sehr!

Das Große Hermann Gutmann-Buch:
seine besten Geschichten in einem Band.
240 Seiten, mit zahlreichen farbigen
Illustrationen von Peter Fischer.
Limitierte Auflage!

Das ideale Geschenk für alle Liebhaber des
»Bremer Kishon«

ISBN 3-86108-174-1 24.90 €

»Hermann Gutmann ist berühmt für seine spitze Feder und seinen generationsübergreifenden Humor«

Weser-Kurier, 2004